公爵・徳川慶喜家。左より、徳川慶喜、７男・徳川慶久と妻・徳川実枝子（有栖川宮女王）。大政奉還の後、明治35年（1902）に徳川慶喜は明治天皇より公爵を授爵し、徳川慶喜家当主として新たな時代を迎える。

徳川慶喜家を継いだ、徳川慶久家。公爵となった時、徳川慶喜の家にいた最年長男子が7男・久（ひさし）。後に慶久と改名し、有栖川宮家より第2王女の実枝子を妻に迎えた。二人の間に喜久子と慶光が生まれ、仲睦まじい家庭を築く。喜久子は3歳の時に大正天皇第3皇子・高松宮宣仁親王との婚約が整い、慶光は8歳の時、父・慶久の急逝の後、公爵・徳川慶喜家の家督を相続する。

コノ　シャシンハ　ニューヨークノマチデ　ーバンタカイ　イエデ　アリマス
ウエニアガルト　メガクラミマス　オトトサマハ　ココエアガリマシタ
セカイデ　~~イチ~~ニバンメニ　タカイ　イエデス
キク子　ヨシミツ　オトトサマヨリ

大正7年（1918）7月、徳川慶久が日本赤十字の派遣で海外を回った折、家族に宛てた絵葉書。

大正４年（1915）、会津松平家の親族写真。前列左より松平慶雄、山田貞夫、山田顕貞、松平一郎、松平勇雄。中列左より松平芳子、松平進子、松平通子、松平会津子、松平徳子、松平鞆子、松平正子、松平三男也、松平末子、松平節子、松平信子、松平浪子、山田千代子。後列左より松平保男、山田英夫、松平健雄、松平恒雄（徳川和子によるメモより記載）。

松平保男（もりお）。会津松平藩主・松平容保の５男。戊辰戦争の後、藩を青森県に移されるも、明治天皇より子爵を賜り、会津松平家を東京の小石川に構え、容保の長男・容大（かたはる）が相続した。急逝により末の弟である保男が当主となった。

松平進子（ゆきこ）。沼津藩主・水野忠敬の４女。19歳で保男に嫁ぎ、３男６女の母となる。

妻の実家・松平家を訪問した徳川慶光夫妻と松平一家。昭和15年（1940）頃。前列左から松平保定、松平保興、松平保男。中列左から松平敬子、徳川喜佐子、松平順子、徳川久美子、松平進子。後列左から徳川和子、徳川慶光。

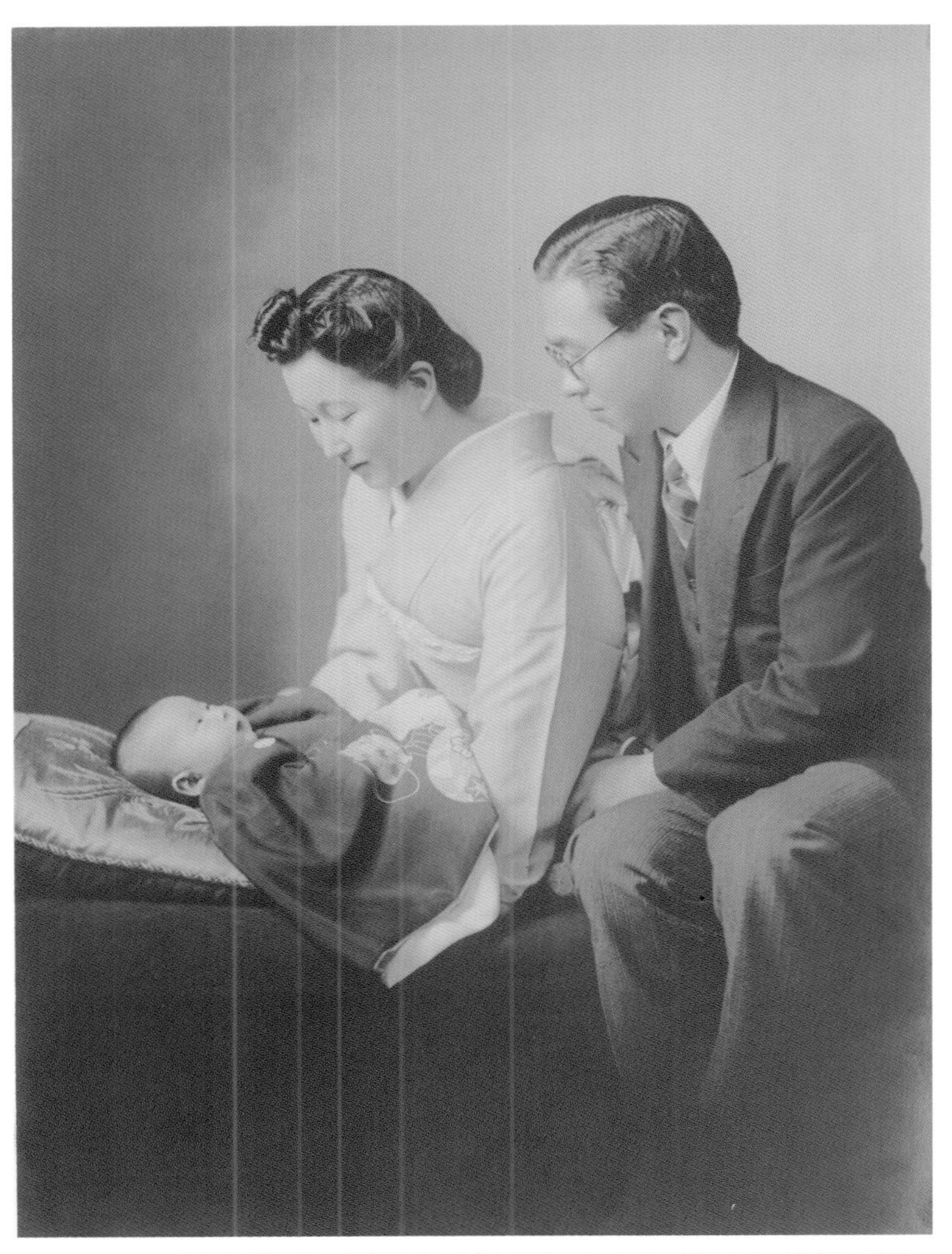

徳川慶喜家当主・徳川慶光と会津松平家４女・和子の間に長女・安喜子が誕生。

徳川慶喜家の墓参。左より、徳川慶光、山岸美喜（筆者）、徳川和子、洋行（筆者の兄）、安喜子。
慶光長男・慶朝撮影。谷中の徳川慶喜家墓所にて。

みみずのたわごと

徳川慶喜家に嫁いだ松平容保の孫の半生

徳川和子◎山岸美喜

東京キララ社

本扉題字：一ノ瀬芳翠
背景写真：徳川和子が愛用した御所人形柄の着物（山岸美喜所有）

『みみずのたわごと』に寄せて

山岸美喜

このたび、祖母・徳川和子の手記を出版させていただくことになりました。

松平容保（かたもり）の孫として生まれた祖母は、徳川慶喜の孫であり徳川慶喜家当主の徳川慶光に嫁ぎました。晩年は、都内のマンションで息子の慶朝と二人で平穏に暮らしていた祖母ですが、その昔話に語られる〝華族としての暮らし〟と〝現代の暮らし〟とのギャップに驚かされたものです。

大きな屋敷に住んでいた幼少期に対して、広くもない普通のマンション暮らしをしていた祖母に、「こんな暮らしになって、昔はよかったなぁ……って思うことはないの？」と尋ねたことがあります。

その返事は、「だってしょうがないじゃない。それが時代というものなのだから」。

予測もつかない時代の流れを謙虚に受け止め、その中で徳川慶喜家を守り続けてきた祖母が亡くなったのは、平成十五年（二〇〇三）五月二十九日のことでした。

祖母がこの手記を書き終えてから、三十年以上が経ちました。書かれた当時は『みみずのたわごと』と題されていて、「なんでみみずなの？」と聞いたところ、「地下でゴニョゴニョ言ってるからよ」と言っていました。

ワープロで入力されたコピー版を松戸市の戸定（とじょう）歴史館に預けた時点では『老婆のたわごと』というタイトルが付けられていましたが、祖母が考えた『みみずのたわごと』を題名として墓前にお供えしたいと思います。

令和二年九月

本書収載の『みみずのたわごと』は、親族に配られた私家版をもとに、私家版未収の原稿を追加、直筆原稿原本を参照の上、全体を再構成した版となります。

略系図

本書に登場する主な人物

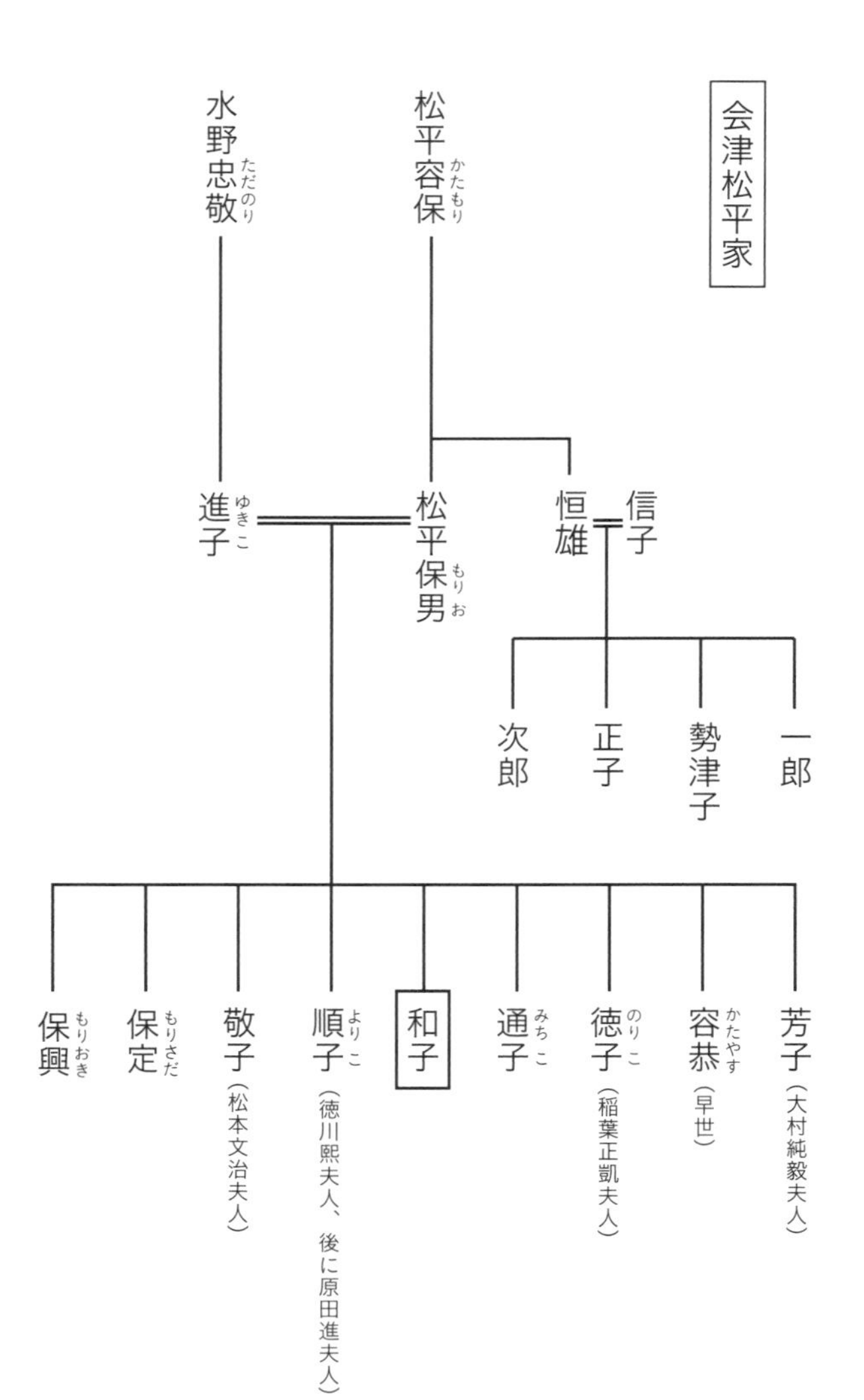

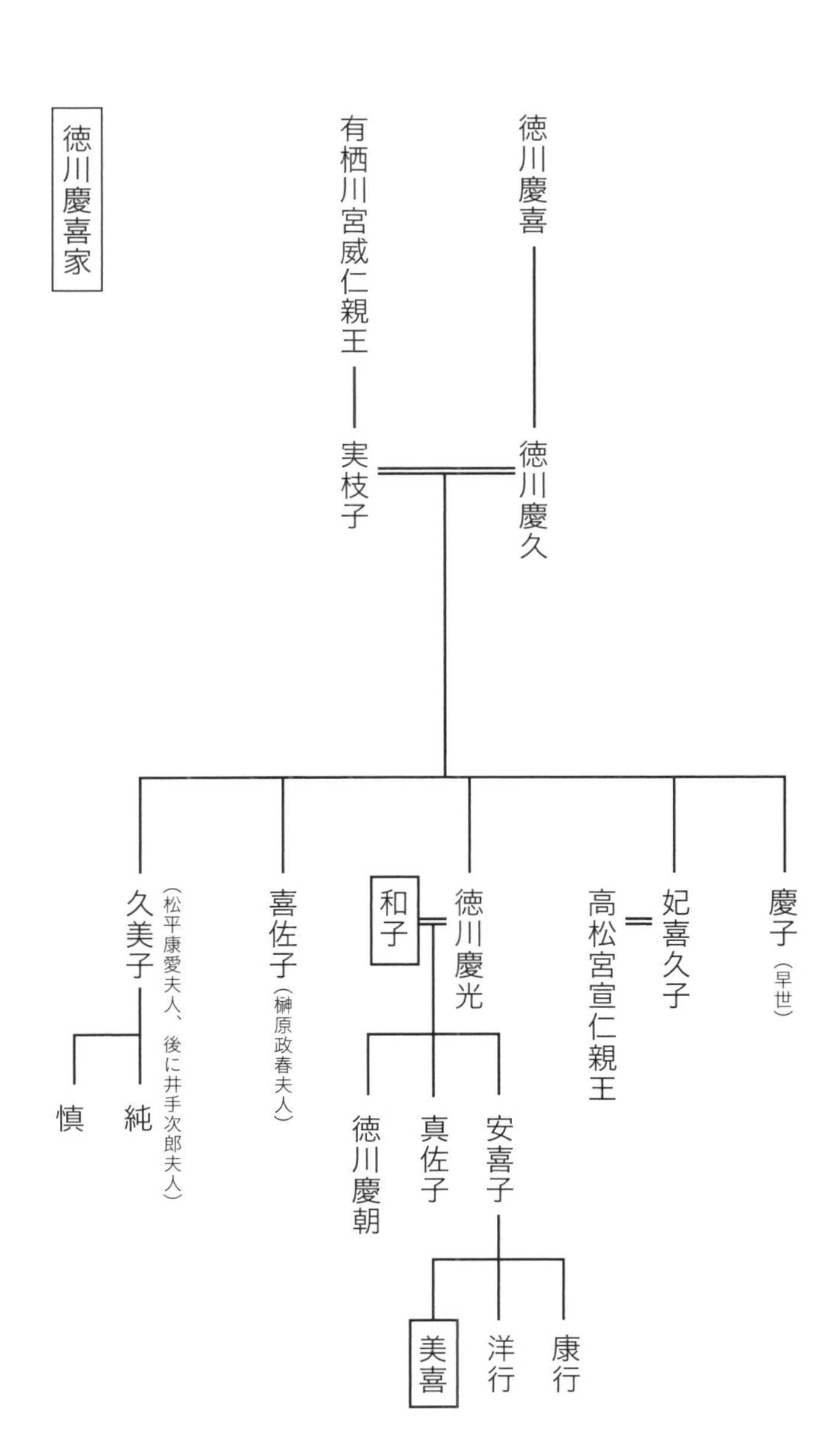

徳川慶喜家
徳川慶喜
有栖川宮威仁親王
徳川慶久
実枝子
慶子（早世）
妃喜久子
高松宮宣仁親王
徳川慶光
和子
喜佐子（榊原政春夫人）
久美子（松平康愛夫人、後に井手次郎夫人）
安喜子
真佐子
徳川慶朝
純
慎
康行
洋行
美喜

目次

第一章　みみずのたわごと

徳川和子

まえがき

徳川和子

昭和六十一年、来年は私も七十歳になる。それを機会に、頭の中にしまい込んでおいた古い古い思い出を、ひとつひとつ取り出して書いておこうと思いついた。

こんなつまらない話を聞いてくれる人はいないけれど、そうかといっていつまでもしまい込んでおく訳にはいかない。ただでさえ狭い頭の中が混雑してきて、新しいことが入る余地がなくなってきた。そのため、昨日聞いたことも忘れるという悲しい状態になってきた。友達や姉たちと話をすると、お互いにいつも出る言葉は決まっている。「ボケや植物人間になって子供たちに迷惑をかけたくない」。まさにそれのみである。

キリスト教信者に言わせれば〝すべて神の思し召し〟。パッと死のうが、いつまでも周りの人を手こずらせて嫌われようが、人間の力ではどうこうできるものではない。禅では、それこそ〝こだわる気持ち〟〝無〟でなければ何事も見えないということだろう。

私は〝限りなく透明〟になるまで、今しばらくはこの面白い娑婆でやっさもっさと過ごしてみたいと思っている。でもその前に、頭の中の掃除をしておこう。

一　少女時代

おいたち

大正六年（一九一七）七月二十一日、東京市小石川区第六天町八番地に私は生まれた。父は、旧会津藩主松平容保[1]五男海軍少将松平保男（もりお）[2]、母は旧沼津藩主水野忠敬（ただのり）三女松平進子（ゆきこ）[3]の四女として。

私の生まれた家は、取り壊されて建て替えられたのであまり覚えていない。最初の記憶は、大正十年（一九二一）頃、邸新築のため一時家令の飯沼（白虎隊ただ一人の生き残りで、近所の農民に助けられ蘇生した者の子供）[4]の舎宅に住んでいた時に、妹・順子（よりこ）[5]が生まれたことだろう。その家のお勝手には、もちろん水道があったが、玄関脇にポンプ式井戸があって、向かい側の長屋の人たちも使っていた。その井戸端で女中たちのお喋りを聞いていると、「殿様の子は、腹がすいてもひもじゅうない」と歌舞伎『伽蘿先代萩（めいぼくせんだいはぎ）』の「まゝたき」の台詞が耳に入ってきた。なぜかそれが印象に残っていて、何事にもじっと我慢の子になったようである。

考えてみれば、私が生まれてすぐの頃に父が大病をしたため、母は毎日病院へ行っており、そのあと今度は、母が死に掛かったそうで、あまり親に甘えることができなかった。そのため無口で周りの人に気を遣ってばかりいて、自分でも損な性格だと思っていた。相手の気持ちにはおかまいなく、自由に楽しく喋り、行動できる人が羨ましく、しかし真似をしようとしてもできなくて口惜しかった。歳をとってからは、もうすべてが馬鹿らしく、我慢も限度を超えたので、近頃になってやっと勝手気ままに振る舞えるようになった。そうなると気が楽で、「人生ってなんて楽しいものか」と死ぬ頃になって気がつくとは大馬鹿者！

さて、家の改築中に、おきよさん[6]というおばあちゃんがお歯黒を塗っているところを見て、驚いたことがある。私にとって祖父にあたる容保は、正室にはお子がなく、父たちはおさくさん[7]という方の子供である。

新築の邸には、このおばあちゃんのお部屋もできていたが、完成前に亡くなられたので、我々

「小石川松平邸」と題された写真群より。上段は大正11年（1922）～12年（1923）建築の邸宅、下段は昭和10年（1935）頃に新築された洋館と考えられる。和子が徳川家に嫁ぐにあたって、思い出のために手元にあったのだろう。

子供の〈おねんねの部屋〉になった。この部屋は、八畳の二の間続きで床の間と出窓もあり、お手洗いも付いていて立派であった。でも、日当たりは悪く陰気でもあった。一方、おばばちゃま（先代・容大未亡人）[8]のお住まいは、二階建てで見晴らしも最高。おまけにお納戸を入れて上下二間ずつ四部屋もある。これにくらべては雲泥の差だったから、「おきよさんが生きていたら、さぞご不満だったろう」と大人たちは言っていた。

新邸は、大正十一年（一九二二）か十二年にできたかと思うが、普請場は本当に楽しい遊び場で、カンナをかけている大工さんのそばで、木っ端をもらって積み木などをしていたことを覚えている。桐谷という色の浅黒い背の高い棟梁は、私を可愛がってくれて、よく肩車をして見回りに歩いてくれた。当時の色男とは、色白でやさ型であったとはいえ、精悍な男は女中たちの人気の的で、騒いでいるのを肩の上から眺めておかしかった……というのもちょっとおかしい。まさか四歳の子にそんなことがわかるはずがないから、後で大人の話を総合して思ったのだろう。

関東大震災のこと

大正十二年（一九二三）九月一日、通子（みちこ）[9]姉様と私は、〈お運動部屋〉と呼ばれる十二畳のお遊び部屋（床はキルク張りで、一坪ほどの出っ張りにピアノが置かれ、後に室内滑り台や天井から吊るブランコが置かれた）で学校ごっこの準備のため、黒板を取り付けたり小さい椅子を並べたりしていた。これは、先生となるべき小姉様[10]のお言いつけで、我々子分は働いていたのだが、突然ものすごい音と一緒に家が揺れ動き始めた。何がなんだかわからないまま、隣の勉強部屋までこけつまろびつ行ったが、なかなか前に進まない。その時、御表（執事室）から長い廊下を走ってきた逸見家令[11]にサーッと抱き上げられて、廊下の出口から外に出ようとした途端、目の前の石灯籠が音を立てて倒れてきた。おまけに屋根から瓦がザザーッと降ってきた。これがいわゆる関東大震災だ。

さすがの逸見さんも、私を抱いたまま後ずさり、それが幸いして助かった。女中たちも皆、勉強部屋の前の廊下に集まって来ておろおろするばかり。中でもおばばちゃまと元老女の間野さんは大声で「南無妙法蓮華経……」と叫ぶので、落ち着くどころか却って皆気が動転してしまう。やっと奥の母の部屋にたどり着くと、そこで見た母の姿は実に頼もしく驚きであった。母はきびきびと皆を励まして、押入から片手（多分もう一方の手には二歳の順子を抱いていた）でポンポンと布団を放り出して、「危ないから、これを頭からかぶって外へ逃げなさい！」と命令していた。まず、大姉様[12]は小柄なのに、重い敷き布団を軽々と頭からかぶり、外へ逃げる。続いて皆、布団をかぶり後に続いて行った。私は、今度はなおに抱かれて掛け布団をかぶせられて外へ出た。一同、庭の隅にかたまって、まだまだ揺れ続ける大地に恐れおののいていた。

　幸いにも、家は新築のため潰れなくてすんだが、余震が続くので危なくて中には入れなかった。だから、押入の下に敷いてあったすのこを何枚も敷いて、その上に花ござを敷いたにわか作りのお座敷を作り、そこで昼食をとった。ご飯もちょうど炊きあがっていたので、おひつや茶碗も運ばれ、おかずはハムエッグだった。それ以降、毎年九月一日のお昼は、大地震のことを忘れぬ教訓にハムエッグを食べるようになった。

夜になると、上野のほうの空が火事で真っ赤に染まり、庭の枝に蚊帳を張って寝たが、とても怖くって眠るどころではなかったと思う。

私の家は高台で、崖下には貧民窟のような小さな家が沢山あったが、そこの人たちも小さな空き地にござを敷いて集まっているのが見えた。よく見ると、そこの子供たちはちゃんと学校のカバンを持っている。当時、学校の教科書は大変大切に扱われていて、床の上に放り投げるなんてとんでもない。ましてや女子学習院では、『教学聖訓』という小冊子があって、教育勅語を始め、皇太后陛下[13]、皇后陛下[14]が行啓の折々に賜ったお言葉をまとめたもので、修身の時間にはまず始めに一同起立して朗読していたものだ。それぞれ色とりどりの友禅の端切れなどで作った小袋に入れてあり、これは命より大切にし、もちろん火事の時など真っ先に持ち出さねばならない。私はまだ学校に上がっていなかったからよかったものの、姉たちは慌てて取りに行った。

怖かったといえば、朝鮮人の騒ぎ。朝鮮人が井戸に毒を入れたなどと流言が飛んだことだ。ある日、近所の魚屋さんなどが、手に手に棒切れを持って押し掛けてきて、「今、御邸に朝鮮人が逃げ込んだから探しに来ました」と縁の下まで覗き回っていた。「家の縁の下は、犬や猫が入らないように細かく横桟が打ってあるので、そんなはずはない」と言っても聞く耳持たず、この時とばかり物珍しそうに見物して周り、結局、おばばちゃまの大事なビスケット缶を一つ失敬された。本当に失礼な人だった。

地震の時、父は舞鶴の軍港に出張中で留守だったが、何日か経って満員の汽車にぶら下がったり、歩いたりして帰って来てくれた時は嬉しかった。

父が帰って来た夜、また相当な揺れがきた。皆、余震にはいいかげん慣れっこになっていて、そんなには騒がなかったのに、父だけ一人驚いていた。父は、すぐさま地震戸（雨戸に一ヶ所作られた木戸）を開けて外に出た。その途端、転んで靴脱ぎ石の角で足を擦りむいてしまった。それはそれは痛そうで、とても可哀想だったことを記憶している。その時、父が擦りむいたところが「弁慶の泣き所」という場所だということを覚えた。父は怪我をしてまで、私に言葉をひとつ教えてくれたということだ。

やがて、会津若松の連隊が到着して、表座敷に泊ることになったので、今度は何があっても大安心。兵隊さんは、裏庭に手際よく石で釜戸を築いて大釜で炊飯を始めたので、珍しくて見物したことがあった。お米も何俵も運んで来たらしい。ちなみに戦前の私の家は、会津鶴ケ城の周りに田圃を持っていて、その田圃は小作人にまかせていた。その小作人が作った美味しいお米を食べて育ったために、お米の値段など全然知らない〝バカ〟ができてしまった。

「九月一日正午頃　大地にわかに揺れ動き」という唄は、労働争議の唄のメロディーの替え歌だったためか、歌ってはいけないと言われたのであまりよく覚えていない。おばばちゃまの甥の三村さん[15]は、写真印刷をしていた方で、被服廠（ひふくしょう）の屍体の山を着色刷りで絵葉書にしたものを見せて下さったが、親たちはそんなものを子供に見せるのを嫌がった。それでも怖いもの見たさで何度も見たが、あの人間とは思えぬほどにふくらんだものは何だったのでしょう。それで、指を切って指輪を盗む人の話、バナナ一本とダイヤモンドを交換しようとして断られた話、宮家の方々を始め親戚の何様と何様もお家の下敷き[16]になられて亡くなられたことなど、毎日恐ろしい話ばかりだった。人々は、第一次世界大戦の後、世の中は軍需景気であまりに派手になったので、天のお怒りだと言い交わしていた。

そんな騒ぎをよそに、私は九月から小学校一年生になるはずだったのに、新学期が延びていた。なぜ九月の入学かというと、時の女子学習院長大島先生[17]が、二、三年前から考案して実施していた制度のためであった。大島先生は、一年近く年齢差がある子供たちを、一つのクラスに入れるのでは、知能も体力もギャップがあり過ぎるからと春組・秋組の二つに分け、年二回の入学にするという理想的な制度をおつくりになった。

しかし、卒業式に皇后陛下の行啓を二回はお願いできないことから、結局卒業の時は半年間、補習科というものを設けて希望者だけを入れることにした。とはいっても半年間ぶらぶら遊んでいたのではなく、補習科では本科にはなかったソロバンとか、手紙文とか実生活に役立つことを習うことができた。このおかげで思いもよらず、戦後の生活に役立てることができたのである。

そうそう、あまりにも震災の思い出が強烈だったので、小学校に上がる前に幼稚園に通っていたことをすっかり忘れていた。

幼稚園

小石川の自宅から青山の女子学習院幼稚園までは、飯田橋と赤坂見附で電車を二度も乗り換えて、一時間近く掛かってようやくたどり着いた。小さな私がよく通えたものだと我ながら感心している。とはいっても誰かお付きの人に連れられて行ったらしく、正直言ってあまりはっきりとは記憶していない。

幼稚園ではほとんど無口で、皆とあまり馴染めず、先生の後ばかり付いて歩いていたようだ。でもお砂場遊びは大好きだったし、お遊戯のスキップなどはお得意だった。

相馬さん[18]や伊達さん[19]の暴れん坊が時々、お砂場用の小さい木のスコップを振り上げて女の子たちを追っかけ回すのは、男の兄弟がいない私には本当に恐怖体験だった。

驚いたことといえば、ある日、幼稚園の生徒四、五人が先生に呼び出されたことがあった。早速先生のもとに行くと、そばにあるオルガンの横に並ばされて、いつもの唄を歌うように言われた。皆で歌い始めてしばらくすると、大きな羽のついたお帽子をかぶった方が入っていらっしゃった。誰だろうかと思っていたら、皇后陛下（貞明皇后）がいらっしゃったのだ。さらに驚いたことに、信子伯母様[20]までそのお帽子の洋装で、お供してにこにこしていらっしゃる。皇后陛下が伯母様に「これは誰の子か？」と私のことをお尋ねになると、伯母様が「はい、保男の子でございます」とお答えになった。私は「モリオって？　あー、お父ちゃまのことか」と思ってびっくりした。

幼稚園での思い出といえば、新宿御苑の遠足はとても楽しかった。その時の8ミリ映画を、幼稚園にもよくお見えになる澄宮（すみのみや）様（後の三笠宮様）[21]のお住まい（青山御所）にお呼ばれして見せていただいたが、自分が歩いている姿を映画で見るのは初めてのことで、ちょっと恥ずかしい気がした。おやつにいただいたちまきの美味しかったことは今でも忘れない。

女子学習院初等科

さて、初等科に入学してみると、お茶の水女学校が関東大震災で焼けてしまったため、女子学習院の教室を借りて使っていた。そのため靴箱のある携帯品置場と呼ばれる難しい名前の場所は、大混雑だった。幼稚園から一緒に入学したお友達が多く、男の子は皆、四谷の初等科へ行ったので別に怖いことはなかった。先生は優しい方だし、三十人足らずという生徒のほとんどがおとなしい女の子ばかりで、安心して勉強も運動もできることになった。

幼稚園の同級生では、震災で亡くなった方は一人もなく、全員無事に初等科に入学できた。ある方は「家は潰されたものの、おばあ様がしっかりと抱いて庇って下さったので、かすり傷ひとつなく助け出されたとのことです」と、先生がお話しして下さって感動的だった。

学校に通うには、幼稚園の時は東五軒町という駅まで歩き、市電に乗って飯田橋で降り、札の辻行きの外濠線でゴトゴト赤坂見附まで行って、また乗り換えて青山三丁目まで通っていた。だが、震災のため車輌が大量に焼けて数が減り、大変な混雑なので今度はお姉様方に連れられて牛込見附まで歩き、省線で信濃町まで乗り、今の明治神宮外苑がまだ野っ原でクローバーがいっぱいあったところを歩いてようやく学校へたどり着くことができた。新しい緑色の布に花の刺繍があるかけカバンを持って通うことも嬉しく、「ハナ、ハト、マメ、マス、ミノカサ、カラカサ……」という本を大声で読んで歩いていた。今の人は桝も唐傘も見たことがないから

大正9年（1920）、東京市電車運転系統圖（都立中央図書館蔵）。

わからないでしょうね。もっとも二、三年後には急にランドセルが流行して、このかけカバンの命は短かった。

授業が終わると、高等科の大姉様に連れて帰っていただくため、有地捨子（すてこ）[22]さんという私と同じチビの同級生と二人、石蹴りなどして携帯品置場で待っていた。すると上級生のお姉様たちがドヤドヤと出てきて、「可愛いー」などと声を掛けて下さる。山本満喜子[23]さんなどは、私に「ボンチャマ」と大声で呼びかける。これは母の手編み毛糸のボンボンがついたボレロを着ていたせいらしい。

何しろ一時間以上も待つので、砂遊びにも飽きてきて、チビが二人して高等科の二階のお教室を探検に出掛ける。科学の階段教室の横をそっとすりぬけて、階段がきしまないように足音を忍ばせて二階に上がる。夏だと、授業中の各教室のドアーが開いているので、先生が横を向いている隙を狙って、さーっと通るのが難しい。日本画教室や洋画教室など北側の廊下はシーンとしていて、未知の世界の冒険旅行はスリルがあって今でも夢に出てくることがある。特に、正面大玄関からの階段は、皇后陛下行啓の時のみ使う便殿（休息室）に行くところで、誰も入れないように縄が張ってあるのに、その下をくぐり抜けて通った時には、さすがに自分の心臓の音が聞こえるほどドキドキした。ちょうど二匹の小鼠がチョロチョロと走るように、広い構内を探索し周って、時計もないのにちゃんと時間前にもとのところに戻って姉の出て来るのを待った。帰りの電車はくたびれて大抵は居眠りをしたけれど、大姉様と足利さん[24]の長いお喋りが心地よい子守唄となった。

牛込見附で降りて神楽坂を登り、近道を通って帰る時は、神楽坂で売っているブロマイドを購入する。それは大概、お気に入りの俳優が出てくる映画の筋だった。もう両親が亡くなったからよいものの、これは今まで公表したことがなかった不良行為である。それにこの近道は芸者屋の横の路地を通るので、お風呂に入りながらキャアキャアとさわぐ彼女たちの嬌声、糸ミミズが湧いている溝を流れる白粉くさい湯気の立つ汚い路地、あまりお嬢様方の通る道ではないと思うけれど……仕方がない。

私のあだ名で前述の「ボンチャマ」は可愛いが、またの名は「骨皮筋衛門」。七歳まではまるで骨と皮だった。ほかに「蝋人形」「マホチャン」というのもあった。姉たちに言わせると、無口でおとなしいくせに品物のあり場はなんでも知っていたり、また、姉たちが気づかれないようにそっと出掛けようとすると先回りして玄関で立っていたりするので、あまり可愛げのない子に見えていたようだ。

大正十三年（一九二四）の五月に敬子[25]が六女として生まれた。それまでに二人男の子[26]が生まれていたが、夭折したので今度こそという願いが強かったようだ。けれどもまた女の子。皆がっかりしたらしい。この家には男の子が育たない何かがあるのかもしれない。ご先祖の中にお子様のいない奥方がいて、側室の懐妊を嫉妬して、その側室が長持の蓋を開けて覗き込んだところを、いきなり蓋をバタンと閉めて殺した……なんて話を聞いたことがある。夢の中に男の子を抱いた側室が現れて、「この子はもらったよ。ふふふ……」と笑って立ち去ったなどと、江戸時代の大奥にあった怪談もどきも囁かれる。お世継ぎ問題でもめた旧幕時代の思想が残っている旧家臣たちの心配ももっともである。

顧問の一人、山川健次郎さん[27]が柏の木をくれて庭に植えてくれた。五月のお節句に柏餅をつくる柏の木の霊験が現れたのか、大正十五年になって待望の男の子保定[28]が生まれ、昭和五年には保興[29]と立て続けに男の子が生まれた。

家の兄弟は、大概塩谷温先生[30]のご命名で「芳徳通和順敬」の言葉が名前につけられていた。通子姉様だけは十七歳で亡くなられたが、七人揃って未だに元気なのは本当にありがたいことである。大姉様、小姉様、みー姉様、かー姉様と呼んでいたので、新しく来た女中が「みね子様」「かね子様」と呼んでしまったのも無理はない。

家に仕えていた女中や書生は、大概会津の田舎から来ていたので、「学習院の幼稚園」を「学習エンの幼稚イン」なんてふうに呼んでいた。ずの発音は難しいので、私のことは「カジ子様」と聞こえた。彼らにとって、ただでも難しい東京弁の上に、家では天津帰りの恒雄伯父様[31]ご一家の影響もあって、飲み水のことをなぜか「リヤンカイスイ」と言っていた。お茶の間からはるか遠くの台所へ室内電話のハンドルをチリチリと回して、「リヤンカイスイを持って来て」と言いつけたけど、女中はわからなかったらしく走って来て「何でございますか？」と言う。私は小さい時からそう言ってきたので、それが何語であるかも知らない。信じられない馬鹿な話だ。第一、私は自分の子供や孫たちが「お水ちょうだい」と言ってきたら、即座に「自分で飲みなさい！」って言うのに……。

毎年夏休みには、会津若松市にある別邸の御薬園[32]に一ヶ月ぐらい滞在して、藩祖・保科正之公を祀る土津神社（はにつじんじゃ）[33]や院内の山上にある二代様以下代々の御墓所[34]、白虎隊士の御墓[35]などをお参りした。時には大川の鮎漁、翁島の猪苗代湖畔遊び、磐梯登山、桧原湖畔キャンプなどなど……楽しい思い出が山のようにある。

大正十三年の夏は、五人の女の子全員が揃いの洋服を新調した。白のジョーゼットにえんじ色の薔薇の刺繍、葉は黒、肩にえんじと黒の細いビロードのリボンが何本も付いている。これが実に邪魔くさかったのを覚えている。帽子はベルモードの上等の白いパナマ（戦後はアメリカ風で無帽になって助かったが、戦前のヨーロッパ風洋装では必ず帽子をかぶった）。今上陛下（昭和天皇）[36]が摂政の宮様として会津に行啓になったので、会津若松駅へお出迎えに出るためであった。駅舎の二階の貴賓室へぞろぞろと上がって拝謁した。殿下は白い海軍軍装でいらっしゃった。敬ちゃんは白のベビー服で母に抱かれていた。こう大勢では怖いことはない。ただ教わった通り最敬礼すればよいのだから。さすがの殿下もこの女の子ばかりの大軍には驚

白虎隊の墓の前で。中央が和子。

御薬園にて。ベルモード（昭和初期の高級帽子ブランド）を身に着けた姉妹。

御薬園の池でボート遊びをする松平一家。

昭和６年（1931）、南部様のお家にて。
姉妹弟は生涯を通じて仲が良かった。

小石川植物園にて。

かれて、数える暇もなかったものとみえる。後で父に「子供は何人あるの？」とご下問になったということである。これで安心なされて真似をなさったとは思われないが、殿下のお子様は、照宮成子内親王[37]、孝宮和子内親王[38]、順宮厚子内親王[39]、清宮貴子内親王[40]、亡くなられた久宮祐子内親王[41]を入れて五女二男。数も我が家と同じで、どこかで聞いたようなお名前があるが、こちらが先でよかった。

当時は五人七人の子持ちは普通だったからよいが、あまり顔が似ているので電車で並んで腰掛けている時など、何となく前の人がじろじろと見る。決定的なのは、学校で幾何の時間に、相似形というのを習った時、工藤先生が「例えば松平さんの姉妹のようなもの」と言ったので、皆がドッと笑った。先生はどこのクラスに行っても、同じような顔の子が座っているのでショックだったらしい。

大正十五年の夏は、保定が生まれた年なので会津には行けず、水野の伯母様[42]に連れられて、水野家のお国、結城へ行った。まず嬉しかったのは汽車の乗り換えの時、氷菓子を買っていただけたことだ。家ではアイスクリームしか買ってもらえなくって、小さな経木（きょうぎ）の箱に入った「アイスクリン」も美味しかったが、奇麗な色の氷菓子が憧れだった。

当時はエキリやチブスで死ぬ人がちょいちょいあったので、タブー食品はいろいろあった。例えばバナナ。これは遠足の時のみ特別に許されたのだ。あとは消化不良になる梨、食べたら便秘したりお腹が冷えてしまう柿など……。みんな普段は食べることができなかった。大人が鰻を食べる時、子供たちはドジョウの蒲焼きと決まっていた。

さて、結城では筑波山の麓、広々とした田舎で毎日面白く遊んだ。従姉の廉子様[43]はずっと大人で、平松さんという民間パイロットと只今恋愛中ということでラブレターにお忙しい。博様[44]は学習院高等科在学中で遊び盛りだったので、最高に面白がってふざけ回っていた。博様は私を自転車の後ろに乗せて、田圃のあぜ道を走ってくれたりもした。やんちゃな博様ではあったが、私をどこかに落としてきては大変と思ったのか、五分おきに「大丈夫？」と振り返り、私を気遣ってくれた。

ある日、ご飯のおひつに蟻が入ってしまったことがあった。博様は「蟻を食べれば丈夫になる」と言って、なんとそのままむしゃむしゃ食べてしまった。これにはさすがに見ていてゾッとした。女の姉妹では絶対にあり得ない話だ。

顕様[45]は妹と同じくらいの歳で、まだまだ甘えん坊。畳の縁を線路に見立てて、えんやこらと線路工事の真似をしていると思ったら、時々姿が見えなくなるので、伯母様のお部屋を覗いてみると、なんとそこで甘えている。すっかり軽蔑した……。

その夏、大姉様にとって大事件があった。あの憧れの映画俳優バレンチノ[46]が死んだのだ。ご命令により我々一同、勢揃いして一大法要を営むことになった。博様が大僧正になって衣のようなものをまとい、我々チビ共は小僧になって風呂敷を腰に結び、何やら祭壇をつくってその前に並んで座らされた。お経は伯母様のレコードで本物。それに唱和して「ナンマイダーナンマイダー」と大騒ぎ。これでは全然悲しんでいるとは言えなかったろう。そのほか、田圃の小川に蛍狩りに行ったことや、お盆の灯籠流しを初めて見たことなど盛り沢山で、夢のような経験だった。

九月になって東京に帰ってみると、家の環境はすっかり変わっていた。まず、お写真に見るおじじ様（容保公）にそっくりの赤ん坊が生まれていたこと。そして、お留守番だった敬ちゃんは女中の中で育ったことから、すっかり女中の真似ばかりして、敷居の外に手をついて座り「ごめん遊ばせ。魚屋がまいりました」なんてことをやっている。まっこと環境とは恐ろしいものである。

大正十五年十二月二十五日、ご病弱だった大正天皇が崩御になった。クリスマスパーティーで騒いでいた人たちが〝不謹慎〟とされ、特高警察に捕まったとか。その中には学習院の上級生もいたらしい。御大葬の行列に、父も海軍大礼服でお供した。姉たちは学校から青山通りに整列してお見送りするため、夜になってから出掛けた。私は小学生なので家から出られず、家でラジオのレシーバーを耳に着けてとぎれとぎれの実況放送を聞いていた。御柩を乗せた牛車のきしむ音は何とも悲しいものであった。

昭和の御代になって、昭子や和子の名前が多くなり、私も昭和生まれと偽ってもよいが、ちょっと無理か……。御大典の時、学校でも祝賀の式があったが、私は風邪をひいていたため休んでいた。京都御所での御盛儀に出席した父から、奇麗な御大典の絵葉書をもらった。父からもらった手紙はこの絵葉書たった一枚だけだったのに、今思えば大事にしないで本当に惜しいことをした（ちなみに私は父が四十歳、母が二十八歳の時に生まれた子である）。

昭和の御代の初め、花電車は学校に通う途中に沢山見ることができた。五節の舞姫の実物お人形がグルグル回っていたのをよく覚えている。夜、銀座まで見に行った時は奇麗で興奮した。東京に住んでいながら、ネオンサインの美しい街など初めてで、山奥から出てきた田舎娘のように驚くことばかりだった。横浜のニューグランドホテル〔47〕に連れて行っていただいて、観艦式に集まった軍艦のイルミネーションを見たことも忘れることができない。何しろとぎれとぎれの印象で、確かな年代はわからないが、この輝かしき昭和の御代の始まりと思えたのが、動乱の時代へと突入していくとは……。でも私の生活はといえば、農村の貧しさのことは話には聞いたがちっともピンとこない、楽しい少女時代を過ごしていたのだった。

変な話

一人で学校へ通えるようになってからのことだから、小学校三年生ぐらいの頃だろうか。初等科への道すがら、家から五軒町の停留所〔48〕まで歩いて行く途中で、毎日すれ違う男の子がいた。

その男の子は、師範学校附属小学校の赤い房の付いた制帽をかぶり、陰気な様子でうつむき加減に歩いていて、いつもチラッと私の顔を見て通り過ぎて行く。「嫌な子だな」と思っていたが、ある日、突然私のほうに突進して来て、私の顔をいきなりビシャッと平手打ちした。あまりに突然の出来事で、あっけにとられ、声も出ずそのまま通り過ぎて学校へ一目散にかけて行った。何も悪いことをした訳ではないのに、あんなことをされて非常に口惜しかったが、無口の質だから、家に帰っても誰にも言わずにいた。

翌朝、いつものように学校へ向かう途中の道で、先方から例の彼が歩いて来るのが見えた。前日のことを思い出して、とっさに私は道の反対側に避けようとした。そしたら、その子もこちら側に寄ってきて、私が避けるよりも早く攻撃をしかけてきた。私は、前日と同じように、また殴られてしまったのである。いくら辛抱強い私でもさすがに頭にきて、大声を上げようとしたが、やはり恥ずかしくてできず、その日もそのまま学校へ行った。

家に帰って、さすがに今度は黙っていることはできず、今までの顛末を母や姉に話して聞かせた。皆「エーッ」と信じられない顔をしていたけれど、翌日は姉が一緒に学校へ行ってくれることになった。

次の日、姉と一緒に歩いていると、例のごとく向こうからその子が来たので、姉に「あの子よ」と囁くと、その子はチラッと睨んだまま通り過ぎて行った。姉のおかげでなんの災難もなく無事通り過ぎることができた。しばらくの間、誰かと一緒に行ってもらっているうちにその子には会わなくなったと思う。でもその事件は、いつまでも私の脳裏に焼き付き、忘れることのできない嫌な思い出となった。

そういう訳だから、通学路の道筋のお店は今でもひとつひとつはっきりと思い出すことができるのである。

小石川の通学路

家の門を出ると、割合に急な坂道があって右側には石垣が続いていた。坂道を登っていくと、お寺の墓地が見えてきて、そこには大きな銀杏の木がそびえていた。目を転じて左側には、柵があって崖。坂のふもとには、〈武蔵屋〉という酒屋さんがあって、そこには美人の女将さんが住んでいた。何か縁談があるとまずこの武蔵屋さんに相談に来るそうで、いわば〝関所〟とも言うべきお店だ。

坂の突き当たりには焼き芋屋さんがあって、そこには大きな土の竈があり、大釜からいつも暖かそうな湯気が上がっていた。朝になると、大きな樽の中に薩摩芋を入れて、二本の丸太を組んだ棒でゴリゴリと洗っていた。一銭で、新聞紙を八つ折にした袋に山盛り買えて、〈十三里半〉の看板が掛かっていた。

骨董屋さんもあって、土間には火鉢から皿小鉢、仏像、置物などが所狭しと山積みになっており、埃をかぶって滅茶苦茶に重なり合っていた。

左側には俥屋さんもあった。この俥屋さんについては、あとでまた紹介することになるので、ここでは特に書かないでおく。

交番には、サーベルを下げたお巡りさんが立っていて、そこを右に曲がると角に〈魚勝〉。その魚屋は、毎日天秤棒に盤台を下げて、家に御用聞きに来ていた。盤台の中にはお魚が何匹か入っているが、母はいちいちそれを見て確かめる訳ではなく、経木（きょうぎ）に墨で書いた品書きがあって、それを女中が奥に持って行って読み上げる。その品書きは必ず最初に鯛、平目で始まる。注文をすると、盤台の上にまな板を乗せて魚をさばく。この店は、御邸値段で高いとも言われていた。

右側にも小さな魚屋さんがあって、「塩鮭一切れ一銭」などと札が付いて店先に並んでいた。この店は、さっきの魚勝と違ってずいぶん安かった記憶がある。

この魚屋さんの隣は卵屋さんで、なぜかいつもおじさんが卵を裸電球にかざして、透かして見ていたのを覚えている。

それから八百屋さん。八百屋さんといえば、五十年ぐらいたった後、この八百屋さんの娘が、偶然にも弟の住んでいた代田の近くで八百屋さんをしていて、その娘さんが言うには、私が嫁入りした時の姿を見に道ばたに並んでいたそうだ。その時の装束姿が忘れられないとのことで、会いに行ったこともあった。

雑貨屋さんにはあまり思い出もないが、お正月二日のお買い初めに買うさらし飴と麻紐（よってない紐）がここにあることは知っていた。

炭屋さんは、広い土間に炭俵が積んであって、普段は二階に住んでいたようだ。ここではおじさんが炭団を作っていて、できたものは浅い木箱に並べて日に干していたのを覚えている。

左側に和菓子屋さんで、ここは〈都鳥〉というお菓子のある〈楓泉堂〉。洋服の仕立屋さんでは、裁縫台に向かって意地悪そうな親爺と頭の悪そうな小僧が畳に座っていて、親爺がガミガミと怒鳴っては、物差しで小僧の頭を叩いていた。私は子供だから、いつも小僧に同情して、「可哀想だな」なんて思ったものだ。

江戸川っ淵に出ると、小桜橋という橋が架かっていて、それを渡ると東五軒町駅である。名前の通り、けちな桜が川っ淵に植わっていた。川は上流に染物屋さんがあるとかで、時々血のように真っ赤に染まったり、藍色に染まったりしてどろんとしていた。この川はたびたび氾濫して、橋を渡れなくなる。その時は家に戻って、急遽自動車を雇って皆で学校へ行った。この自動車の運転手は、メガネをかけており天皇陛下（昭和天皇）に似ていた。バタンといって補助席の出る車で、四女である私は大概補助席であったと思う。

二　懐かしい人たち

同級生

山本登茂子（ともこ）さん（トンチャン）[49]、坂本華子さん（ハナチャン）[50]、ちょっと待ってよ！私を置いてきぼりにして、さっさと逝ってしまって困るじゃないの。ゲラゲラ笑い合う相手がいなくなって、人には言えないような下らないことが話せなくなったじゃないの。

思い起こせば、ある雪の日に、佐藤のかんちゃん[51]の机の上に、可愛い雪だるまを乗せていたずらした時のこと。さすが男子部兼業の先生だけに、私たちのいたずらに少しも驚いた顔もせず、ニヤッとしただけで講義を進めていって、だんだん雪だるまが溶けてきたら、「可哀そうに痩せてきちゃったね」と言っていたこと。

また、美人の宇賀先生[52]へのいたずらは、ちょっと気の毒だったかな。なんていっても宇賀先生の机の上にある白墨（チョーク）の箱に、桜毛虫をいっぱい入れたんだもの。先生が蓋を空けた途端、「キャアーッ！」と叫んで気絶しそうになっちゃって……。当然、先生は怒って「早く捨てていらっしゃいっ!!」と叫んで、結局、最前列の私が二階の窓から一匹づつつまみ出して、「可哀想に」と言いつつ捨てたことなど……。「思い出してもぞっとすること、よくも平気でやったもんだわ」なんてことを言い合いたいのよ。

女子学習院の先生方は日本でも最高の先生方だったのに、そうとは知らずにいろいろいじめてごめんなさい……。尾上柴舟先生[53]なんか歌人として有名なのに、あまりつまらない駄洒落ばかりおっしゃるので、みんなしらけちゃってとうとう笑わなくなってしまった。例えば目黒（まぐろ）、五反田（ごはんだ）、渋谷（しぶちゃ）なんかは、お茶の水からも上級生からも伝わってくるので、みんなが笑わなかったらご機嫌が悪くなってしまった。「カッパは今朝、虎子夫人[54]とけんかして来たのよ」なんてことを言い合っていた。今思えば失礼なコトしちゃってたわ。

中国では、お葬式の時〝泣き女〟を雇うという話を聞いたので、私が〝笑い女〟になって最前列でゲラゲラと笑う役を務めたことがあった。実行犯は私だけど、発案者は誰だった？ 知能犯のほうが罪が重いんじゃないの。何しろお箸が転げてもおかしい年頃だから、電車の中でもすぐ笑う。あまりくすくす笑ったので、前に座っていたおじさんが自分のことを笑われていると勘違いして、恐ろしい形相で睨みつけて出て行ってしまった時は、ちょっと怖かった。トンちゃんが私の耳元で「すぐ見ちゃ駄目よ。そこの右端の人」などとささやく声が、今でも聞こえる気がする。

私のクラスは大名華族や御公卿さんが少なくて、ほとんどが明治の元勲の孫たちに占められていたので、幕府方は私と榎本武揚の孫の盈子さん[55]だけ。後は薩長、山県さん[56]、毛利さん[57]、東郷元帥、山本権兵衛、西郷さん[58]の孫などなど。父の代には「会津未だ国賊」と言われたくらいなのに、子供たちは何のわだかまりもなく仲良くできたと思う。両親も口惜しいこともあったでしょうに、子供たちの前では決して悪口を言わなかった。「あの人のおじいさんは足軽の出なのに、あんなに威張っている」なんて話は、子供の時ではなく、大人になってから他人から聞いた。

昭和９年（1934）、女子学習院第48回本科秋組卒業学生写真。最前列左端が松平和子。右端から毛利熙子、矢吹智江子、有地捨子、２列目右端が阪本華、４人目が山本登茂子、６人目が西郷稲子、左端が榎本盈子、３列目左端が小池直子、4列目右から2人目が山県美枝子、隣が尚文子、その隣が金子鈴子。

昭和34年（1959）、美竹会館にて。卒業25周年記念。

昭和９年（1934）、筑波山遠足。
この年完工した筑波海軍航空
隊の基地と思われる。

学習院の割烹実習。

関西旅行。若草山にて。

矢吹さんの御家で。

同級生といえば、琉球最後の王様の娘、尚文子さん[59]もご一緒で、お母様は小倉の小笠原さんからいらっしゃった美人だった。文子さんは後に井伊家に嫁がれて、ずっと彦根に住まわれて今や歌人。何冊も本を書かれ、若い人たちにお茶を教えたりと、いろいろ活躍していらっしゃる。私などくらべものにならぬほど偉い方だ。けれど、何年か前の京都建仁寺の水石の会で、何十年かぶりでお目に掛かった時、学校時代とちっとも変わらぬ物静かさで、ほとほと感心した。

安宅さん[60]も、英語劇で私の母親役になって下さった時と同じように、おっとりとした優しさに変わりはない。

朝吹登水子さん[61]は、一番お若くて元気。パリと東京を気軽に往復して、文筆生活を続け、テレビ出演も何回か経験している。去年は、フランス文学を日本に紹介した功労者として都知事から表彰され、おかげさまで私も初めて東京都庁のばかでかい建物の中に入ることができた。一緒に表彰されたメンバーが、NHKの朝の連ドラのモデルになった美容師・吉行あぐり、映画監督の今村昌平、ビートたけし。いじわるばあさんの青島都知事から記念品と表彰状をもらうなんて。登水子さんは何冊も本を出版されている。本当に皆さん偉い！

去年、軽井沢の別荘を訪ねた時も、登水子さんは「アルベールが、アルベールが」と言い、ご主人を大事にしてらして、フランスから来た泊まり客の食事も、買い物から何まで自分でしていらっしゃった。私など、貧血で長く立っていられないせいもあるが、自分の食事仕度などインスタント食品にしてしまっている。お恥ずかしい……。

この頃は、西原（旧姓金子）さん[62]がこまめにお世話をして下さって、皆の消息を知らせて下さり感謝している。西原さんといえば、お父様が横浜の税関長をしていらっしゃった時、イギリスの豪華客船の中を見物させていただいた。船の中に立派なプールがあったのには驚いた。軍艦の中は父の案内で見せてもらったことがあったが、豪華客船の規模には本当に唖然とした。検閲前の映画も見せていただいた。たしかゲーブルの『獣人島』という気味の悪いものだったと思う。

今住んでいる御殿山というのは、家康の孫娘の御殿があったからと聞いたことがあったが、違ったかな。西原さんのお祖父様は、北海道のパイオニアで、このあたりに広い土地を持っていらっしゃった。戦時中は鈴子さんもこのあたりに住んでいらっしゃったという。今やすべてソニーのものになって、マンションも沢山建っている。私が「大きな桜の木があるわよ」と言うと、「家の庭だった」とのこと。赤ん坊を背負って五反田や大崎まで歩いて行ったそうだ。

増田（旧姓毛利）さんのお宅では、何回もクラス会をさせていただいた。

また、〈鬼ばばごっこ〉をした時は、いつも熙子(ひろこ)さんと私がお姫様にさせられ、油ぞうきん（リーリユムの床を拭くもの）を入れる狭くて臭いロッカーにかくまわれて、金子さんや小池さん[63]などの、大きくて強そうな〝鬼ばば〟から兵隊が守る、というような下らない遊びを真剣にやっていた。

七十歳の誕生日カードに、義弟から「七十年(ななとせ)の風雪に耐え杉木立」という句をいただいたが、三十人近くいた同級生の多くがよく風雪に耐え、八十歳まで頑張っている。

いしのこと

いしという女中が私のお付きだった。とてもお話の上手な人で、私を寝かす時もいろいろとお話をしてくれた。ただちょっと変わっているのは、お話をしているいしのほうが、私よりも先にコックリコックリして居眠りしてしまうことだった。私が揺すって起こそうとすると、ハッと目を覚まして話の続きをしてくれるが、二、三秒もたずにまたムニャムニャとなってしまう。私もついに諦めて寝てしまう……。こんなことの繰り返しだった。

いしが邸を下がってから、息子が朝鮮の銀行に転勤になるとかでお別れの挨拶に来た。日本を離れるのをとても嫌がっていたので、気の毒に感じたのをよく覚えている。けれども結局、朝鮮行きには逆らえず、日本を離れることになってしまった。朝鮮に行ってからは、時々手紙をくれて、そのたびに「日本へ帰りたい、日本へ帰りたい……」と淋しそうに書いてあったので、私も「そのうちきっと帰れるから元気で……」と励ましの返事を書いて送ってやった。いしへの手紙には、近況報告だとか親には言えない愚痴なんかも書いていたように思う。それだけいしには何でも言えたんだと思う。手紙を書くだけでなく、リリアン手芸が流行っていた頃は帯締めを編んで、いしへ送ってやったこともあった。

そうこうするうちに、いしは日本へ帰れるどころか、今度は天津へ転勤になった。いろいろと珍しい風俗のことを手紙に書いてくれて、さそりという毒虫がいることを絵まで描いて教えてくれた。日本から遠く離れて可哀想にと思っていると、天津で病気にかかり亡くなったと知らされた。それを聞いた私は、前にもらったいしの写真を勉強机に飾って、一人で泣いた。

まきのこと

まきは長く老女をしていた人だ。大変性格がよく、小柄で穏やかな人だったと覚えている。特に印象に残っているのはまきが病気になってからのこと。女中部屋で寝ているところに私が見舞いに行くと、「恐れ入ります」とただただ恐縮していた。

肋膜炎とかでまきが入院することになった時は、「これは退院する時の着物……」と押入から出して揃えるのを、母が「そんなことは心配しなくてもよいから」と押し留めていた。とうとう帰ってくることはできなかったが、入院する時に帰る時のことまで心配する人は死ぬ、というジンクスがあるそうだ。長い経験でこうした話は嘘だとわかったが、今のように医学が進んでからの話と違って、昔はホームドクターの手に負えなくなってからの入院だから大変なことだったのであろう。

いしとの記憶とはまた違って、ほのぼのとした懐かしさを覚えるまきであった。

俥夫のしょうとくにのこと

家ではお抱えの俥夫は置いてなかったので、雨の日などは坂下の俥屋の雇い俥で学校へ通っていた。妹と二人で暖かい膝掛けを掛け、幌の窓から外を眺めると、水道端を通って江戸川橋、矢来、士官学校の裏、四谷塩町、左門町、神宮外苑などの風景が、さあーっと後ろへと過ぎ去っていった。

もっとも、景色がさあーっと過ぎていくのは若いしょうさんの俥に乗った時だけで、くにさんの俥に乗ると、のろのろとほとんど歩いているかのようで嫌だった。家の前の坂道はとても急で、真っ直ぐに登ることができず、くねくねと右に左に息を切らせているので、気の毒だったがちょっと恥ずかしく、降りて歩いたほうが早いくらいだった。

もうひとつ恥ずかしかったことといえば、車の中でおやつを食べるようにと、母が小さな縮緬の信玄袋にお菓子を入れて持たせてくれていたのだが、学校の門の前で俥に乗ろうとすると、くにさんは大声で「へィ!! おやつ!」と言って信玄袋を渡してくれることだ。ありがたいといえばありがたいが、万が一友達でもそばにいたら、大変な笑いものにされているところだった。思い出すだけで、今でも赤面してくる。

間瀬さんのこと

夏休みに墓参りのため会津の御薬園に滞在すると、旧臣たちが集まってくる。別荘番の間瀬さん[64]は、歴とした士族の出だが、昼間はもんぺ姿で畑仕事に精を出し、冬は池で蓮根掘りなどをして泥まみれで、見ていてなんだかほのぼのしてくる。出掛ける時は、ちゃんと紋付羽織袴にカンカン帽子、白扇片手に威儀を正していた。娘が二人いたので、私が妹と二人で竹ちゃんのところへ遊びに行くと、おばあさんが出てきて、「たーけー、お姫様がござったぞー」と叫ぶ。このおばあさんは、戊辰戦争の時、お城に籠城した照姫様のもとで、負傷者の介護を手伝ったと聞いている。

戦争といえば、太平洋戦争ではなく戊辰戦争のことを指すのだ。薩長というと、つい会津のことを思い出す。間瀬さんの話から、つい会津のことに話が及んでしまった。

野出蕉雨と佐々木主馬

野出蕉雨さん[65]は絵描きだ。小柄で上品な顔をしていて十徳がよく似合っていた。しかし、その穏やかな表情の中にあって、眼の光は鋭く「やっぱり武士だなあ」と感心したものだ。野出さんは、幕末に松平容保公が京都守護職になられた時、お供して京都にいたそうである。その頃、人を斬ったことがあると話をしていた。こんな過去を持つ野出さんだからこそ、穏やかな中にも鋭い眼差しを持っていたのだ。

東京小石川の新邸の表座敷に、一間幅の畳廊下が四、五間続いていて、その両出入り口には漆塗り額縁の杉戸があったが、その杉戸に絵を描くために、野出さんが何ヶ月か泊まり込んでいたのを見たことがある。実に見事な極彩色で、牡丹に孔雀、片方は錦鶏鳥だったと記憶している。

当時、家の書生をしていた佐々木主馬は、実に骨惜しみせずよく働く人で、野出さんの絵の下働きをまめまめしくしていた。この陰日向ない主馬をすっかり気に入った野出さんは、子供のない自分の家にぜひ養子にほしいと父に願い出た。父もその申し出を許し、佐々木主馬は野出主馬となって、その後、会津若松市役所に勤めることになった。役所に勤めてからも、奉公していた時と変わりなく、〝殿様係〟のようによくしてくれた。我々がお国入りの時、市長たちとの連絡係は主馬の担当で、水を得た魚のように動き回っていたのをよく覚えている。

昭和十年頃、だだっ広くて古い日本家屋を壊して、住みよい洋館に建て直す時に、会津人で南洋興発株式会社の社長、松江春次氏[66]が、サイパンの日本人クラブ集会所として旧邸の移築を引き受けた。その時、野出さんの絵のある杉戸ごと表座敷は遠い南の島に渡ることになった。その後、椰子の葉陰に建ったあのお座敷でどんな物語があったのかは何も知らない。太平洋戦争の舞台になったあの島で、恐らくアメリカ艦隊の大砲で粉々に吹っ飛んだか、爆撃で跡形もなく燃え尽きたか。奇麗な孔雀が、羽を広げて南洋の空に舞い上がっていく様を想像するだけである。

ちなみに、主馬は市役所を定年した後も、会津の御薬園の管理人として、最後まで松平家のために尽くしてくれた。

商人部屋

表の執事室の隣に〈商人部屋〉という部屋があった。表玄関、内玄関、お勝手口のほかに、書生部屋の横から裏へ出る口は私たちが使うことはないので、何と呼んでいたのか忘れたが、そこから入った四畳半ぐらいの部屋のことだ。

どこの邸でも、出入りのデパートの呉服部番頭がしょっちゅう来ていて、まるで家の使用人のように、何かの時にはお手伝いもする。徳川家では尾州様の関係で松坂屋であり、松平家（会津）では三越がお出入りであった。デパートのほかに小間物屋というのがよく来ており、これがとても楽しい品物を運んで来た。桐の箱を何段にも重ねたものを、奥まで運ばずに、奥の御後室様（おばばちゃま）のお部屋へ続く分かれ道に位置する、我々姉妹の部屋に持ってきて広げるのだった。一体この家はどういう設計なのか。

話がちょっとずれたけれど、その小間物屋の箱の中には、奇麗な刺繍の半衿が何段もあるほか、髪飾り、手絡（てがら）、櫛、簪（かんざし）、元結、お紙入れ、京紅、絞りの帯揚げなど細々としたものがいっぱい詰まっていて、大人の女たちが集まって選ぶのが楽しそうだった。その間、番頭さんは商人部屋でお茶を飲みながら待っていた。汚い話で、「酔っ払って小間物屋を広げる」と今の人は言うが、おそらくこの美しい小間物屋のことを知っている人は、少なくなっているのではないか。呉服ものは、奥の部屋で母や姉が見たのだろうが、私は小さかったせいか、あまり興味がなかった。

お菓子屋は、さっきも書いた東五軒町に近い〈楓泉堂〉と安藤坂の〈紅屋〉が、見本を持って来ていた。これも黒塗りの箱で、内側が朱塗りで細かく区切られたものを、何段か重ねて持って来た。遠足の前日など、私は「これ、これ、これ」なんて銘々選ぶのが、とても楽しみだった。細かいお菓子は、母が「ではこれを何斤」（今では何グラムと言うところ）と女中に言いつけていた。

楓泉堂には、〈都鳥〉というハッカのメレンゲの可愛いお菓子があり、私はすごく大好きだった。大人になって、私が同じ町内の徳川家に嫁して、高松宮妃殿下と昔話をして楽しんでいたところ、偶然にも妃殿下もこの都鳥がお好きなことがわかった。そうとわかったら、ぜひ妃殿下に都鳥を献上したいと思ってあちこち探し回った。けれど、あの小さなお店の楓泉堂は消えてなくなっており、結局、都鳥は手に入らず、残念な思いをしたことがある。以来、あの美味しいお菓子はほかの店でも見たことはない。

紅屋の四角い最中は、徳川家の中之口に勤めていた遠藤さんが、水道端に税理事務所を開いていたので、よく買って来てくれていた。都鳥の代わりといっては何だが、紅屋の最中は妃殿下に献上することができた。

行商人

東京の邸に出入りする商人は決まっていたので、お正月に回ってくる獅子舞、三河漫才、猿回しくらいしか知らないが、会津の別邸御薬園に来た大島椿油売りは、最高に面白かった。

雪深い冬のため、屋内につるべ井戸のある広い板敷きの台所口で、皆鈴なりになって（多少大げさな表現かな)、くすくす笑いながらその奇妙な言葉を聞いた。半分くらいは何を言っているのかわからないが、「ちびっちょ(小さい子供)や、へーからさん(ハイカラさん)が、ごっさりごっさり居り申すなあー」と言ったことだけはわかった。その『へーからさん』と言われた弟付きの看護婦、通称〈チャー〉こと斎藤さんは、とうとうその宣伝文句に負けて椿油を一瓶買わされたっけ。

東京の邸は、坂の上の高台にあったが、その坂を下りると落語に出てくるような長屋がびっちり建ち並んでいた。そこに住んでいる子供たちは、鼻の下に必ずといってよいぐらい、青鼻を二本垂らしながら、めんこ遊びやぜにごま回しなどをしていた。これもやってみたい遊びで、私には羨ましかったが、その子供たちを相手にいろいろな物売りも来ていた。「飴ヤー、チンチキドンドン」なんかは、面白くって子供たちがぞろぞろ付いて回っていた。頭の上にタライのようなものを乗せ、周りに小さい旗をぐるっと差しており、身体の前に太鼓と鉦の付いたものを掛けて、手振り足取り面白く売って歩いていた。

また、今でもお祭りの縁日に出てくる綿飴、鼈甲飴、しんこ細工の屋台が時々建っていて、学校の帰り途、立ち止まって見たものだ。真っ黒な手で次々と捻り出す鶏や動物たちを、さすがに食べたいとは思わなかったが、この器用さにしばし見とれてしまう。

それから、〈ラシャ屋〉という白系ロシヤ人が、肩に洋服地を何巻か担いで歩いていた。あの長い足、とがった鼻、あれはスパイだとか人さらいだとか人が言うので、何となく恐ろしく避けて通った。

ラウ屋のピーッと鳴り続ける音、夏の日の金魚売り、しじみ売りは、子供の声でとても可哀想。寒い夜、支那そば屋のチャルメラの悲しげな音を、暖かい布団の中で聞く時、「私は幸せなんだ」と感謝しつつ、眠りに入ったものだ。

市電

東京の市電には、十数年間毎日お世話になった。料金は何度乗り換えても、どこまで乗っても七銭。学割と早朝割引は五銭だったと思う。

江戸川橋から二つ目の東五軒町から乗って、大曲の次の飯田橋で乗り換えると、車掌がポールの紐をうーんと引っ張って、ぐるぐると車輌の後ろに回り、架線にはめる。しかし、なかなかうまく掛からないとパーッと青いスパークが飛ぶ。この電車は、札の辻行きの外濠線という。乗客は、慶応の幼稚舎と学習院初等科の子供たちが多かった。

乗り換え切符は、細長い紙にびっちりと駅の名前が印刷してあって、その駅名のところへ鋏を入れる仕組みになっていた。私が小さかった頃、子供好きの車掌さんが私の前でパチパチと一心に鋏を入れていた。向こう側に座っているお客さんが、「おい、乗り換え」と呼んでも、無視してまだパチパチ続けていた。「何をしているのかなあ」と驚いて見てみたら、その細長い切符を私に「ハイ」とくれた。よく見ると人の形に鋏が入っていた。

ある朝、市電に乗った時のこと。満員でぎゅうぎゅう詰めになったため、大人のお腹ぐらいの高さしかない小さい私は、もみにもまれてオカッパ頭もくしゃくしゃになってしまった。私のランドセルの上に、荷物を乗せていた図々しい大人もいた。乗り換えのため赤坂見附で降りる時、大姉様を先頭に人をかき分けてやっとのことで運転台まで出て来たら、運転手に「何をぐずぐずしている！」と大声で怒鳴られてしまった。そうしたら、「すみません」という一般語を知らないどじな大姉様は、「ごめん遊ばせ」と応えてしまった。運転手は、侮辱されたと思ったのか、顔を真っ赤にしてなお一層わめき立てた。そんな声を後にして、ほうほうのていで逃げ出したこともあったっけ。

そうそう、市電の中に注意書が貼ってあって、「ひとつ、何々をすべからず」と五ヶ条あった最後のひとつに、「太ももを出すべからず」とあった。この条は思い出すだけで、今でもおかしい。

映画と演劇

最初に見た映画は、『ハックルベリー・フィン』[67]だったか、何か少年冒険物だったような気がする。高峰秀子(子役)[68]主演の可哀想なものは、水交社の芝生に大きなスクリーンができた時、野外で初めて見た。帝劇で見たものでは、ハンス・クリスチャン・アンデルセン生誕五十周年記念公演で見た『裸の王様』が、とても面白かった。

外国映画はたいてい邦楽座、新宿のムーラン・ルージュ、溜池の葵館で上映され、よく見に行ったものだ。徳川夢声[69]は葵館で弁士をしていたから、「徳川」とのペンネームをつけたそうだ。私の娘が学校で「徳川夢声はあなたのお祖父様?」と聞かれたこともある。戦後は、徳川家康のことを知っている人はあまり多くなかったようだ。

芝園館も封切館だったのに戦後は『ゴジラ』などもやっており、子供たちを連れて見に行った。初めてのトーキーは全巻ではなく途中からのもので、ゲイリー・クーパー[70]がテーブルに塩の入れ物をコトンと置く音から、せりふは「悪く思うなよ」だったと思う。天然色映画も始めからではなく、途中からパッと明るい色が出たのには、目が醒める思いがした。全巻になってからも、特に「オールトーキー」「総天然色」とわざわざ断り書きが付いていたと思う。映画のことは、淀川さん[71]にでも聞かないと記憶違いがあるかもしれないが……。

我々親友五人組は、各自にごひいきを決める癖があって、山本登茂子さんはゲイリー・クーパー、六大学野球では慶応びいき。阪本華子さんはフランチョット・トーン[72]に立教。有地捨子さんは早稲田と……忘れた。矢吹智江子[73]さんはケーリー・グラント[74]に法政。私はクラーク・ゲーブル[75]に帝大と決まっていた。私は、野球に興味がないのに、従兄が帝大にいるという理由で帝大びいきと勝手に決められた。

その頃の帝大は野球にめっぽう弱く、いつも負けてばかりいるので嫌だった。それに、私が帝大の従兄[76]に「ゲーブルが好きだ」と言ったら、怒って「あんな下品な奴が好きなら絶交するぞ」と言っていた。けれど、そのうちに『或る夜の出来事』[77]で彼がヒットすると、「あれは傑作だ。謝る」と素直に兜を脱いだ。映画雑誌などでゲーブルが『風と共に去りぬ』[78]の主役に決まったと知った時、早く見たいものだと待ちこがれたが、とうとう戦争になって見ることができなくなった。戦後随分経ってからやっと見られた時は、私は三人の子持ちで勤めの身。気楽に映画を楽しんでいた少女時代とは大分違う身分だった。ご多分に漏れず『制服の処女』[79]『会議は踊る』[80]『若草物語』[81]などは皆々夢中になって見たものだ。

宝塚に夢中になったのは、我々のグループでは坂本さんと私だけで、お風呂の中で「すみれの花咲く頃」などと歌い続けていた。あの『花詩集』[82]は、宝塚最盛の時代で、新築の宝塚劇場[83]に着くと、金ピカの真っ赤な制服を着た大男の黒人が、車のドアーをサッと開ける。自分自身、パーッと広いスカートをはいたお姫様のような気分で、階段を登っていった。

松竹歌劇団はターキー［84］とツサカオリエ［85］ぐらいしか覚えていないが、宝塚とは違う素敵さだった。新橋で川を挟んで松竹と宝塚が競い合っている頃［86］は、本当に盛り上がっていたと思う。級友で、楽屋に行くような人が出てくるようになると、学校から注意が出て行きにくくなった。家では、保護者付きでないと映画にも行かれないし、親はそうそう付き合ってはくれなかった。「何々が見たい」と言うと「では一郎様［76］にお電話して、お願いしてみなさい」と言われ、一郎様におねだり。今考えてみると一郎様には随分ご迷惑をかけた。一郎様は、従兄でも十歳も年が違うので、いつか宝塚で友達に会ったら、「叔父様？」と聞かれたほどだった。そのうち、本当の叔父様でも、男女一緒に外を歩いてはいかんというヒステリックな世の風潮になってきたので、千代という女中がお供するようになった。

海軍を退役した父は水難救済会の副会長になり、資金集めのために行う観劇は歌舞伎座だった。おかげで、幸せなことに〈六代目菊五郎［87］の鏡獅子〉〈羽左衛門［88］の源屋店〉〈幸四郎［89］の弁慶〉など最高の芸を見ることができた。母たちは五代目菊五郎［90］とくらべるので、「六代目はお客によって舞台を投げやりにするの」だとか、「羽左衛門は大根だ」などと悪口を言い、

「梅幸[91]のお化けなんかは本当にすごくって見せたかった」などとよく言っていた。

尋常小学校で習った唄にも随分良いものがあったが、流行歌は北原白秋[92]、西条八十[93]など新しいものとしてよく歌った。姉妹が大勢いるので二部合唱のコーラスも楽しかった。「砂漠に日が落ちて夜となる頃　恋人よなつかしい唄を歌おうよ」[94]という唄は、ずっと「恋人よ」を「小人よ」と信じて疑わず、夕暮れの砂漠に三角帽子をかぶった小人が踊っている姿を目に浮かべて歌っていた。

澄宮様（後の三笠宮様）は、次々とお唄を発表なさる。すると誰かがそれを作曲してレコードを作り売る。例えば「莢竹桃に花咲けば　蝶やトンボが飛んで来る」というのがあれば、莢竹桃と蝶の絵の美しいノートブックが作られ売られる。商魂たくましいのは昔も今も同じ。我々は「宮くんが御所から急ぎ帰る時　街に電灯つけにけるかな」なんて、レコードに合わせて歌いながら、全部勝手にふりを付けて踊ったものだ。

先日、高松宮御殿でお会いした時、「四十四、五歳のバアーが車の後押しをして楽々と上りけるかな」という唄について、「当時でも四十四、五歳でバアーとはあまりだと大人が言っておりましたよ」と申し上げると、宮様は照れ笑いをしていらっしゃった。まあ今では四十四、五歳でも、立派におじん、おばんだからいいけど。

藤原義江[95]の「ドント　ドント　ドント波乗り越えて」は、音声を真似て大声で歌ったが、あき子女史[96]が子供を捨てて彼のもとに走ったのにはびっくり仰天。だって同級の春組には、捨てられた宮下和子さん[97]がいたんだから。彼女はとても奇麗な声の持ち主で、学芸会の時に「親をなくした子兎は山の小村にただ一人　月はチカチカ淋しそう　釣鐘草の花ばかり」と悲しい美しい唄を歌ったら、参観のお母様方は皆ボロボロと泣きだして、「あんな唄を彼女に歌わせるなんて先生もひどい」と憤慨していたっけ。

輪唱で「親子丼、おすし、弁当、サンドイッチ、ラムネにサイダー、牛乳……」と面白がって、スキーに行くバスの中で騒いでいたら、一緒に行った父に怒られたことがあった。そんなに下品かな？　「静かな湖畔の森の陰から」でやめておけばよかったかな。

子供の頃は毎日どんなことをして遊んでいたのかなと考えてみると、実に幼稚なことばかりで、今の子供たちの高級さにくらべて恥ずかしいかぎりだ。おままごと、お家ごっこ、お店屋さんごっこ、わが家独自の〈紙人形ごっこ〉は画用紙に人形の絵を書き、切り抜いて、洋服もいろいろと時々の流行を取り入れてつくって着せ替える。お菓子の奇麗な空き箱を並べて、お家を作ってその中に人形を入れ、別の箱を自動車にして、時には他所のお宅を訪問する。「まあ、ようこそいらっしゃいませ。どうぞこちらへ」などと大人のやり取りを真似して遊ぶのだが、今思うと私たちがつくった空き箱の家には台所などは全然なかった。

もうひとつ〈おつづき〉という遊びがあって、無地のノートブックに、ある家族のストーリーを毎日一枚か二枚描き続けていく。お互いに見せ合うのが楽しみで、「あの子は今度どんな場面に展開するかしら？　私のまり子ちゃんには次にこういうことをさせてみよう」などと、大体において自分の現実には叶わぬ理想を主役の少女に叶えさせる。それでもひとつの場面を描くのに、結構な技術を要する。例えば食堂の椅子、テーブルの絵を描くのにも遠近法を用いる。そのせいか絵画の成績はいつも甲だったので、級友の熱心な教育ママたちから「松平さんはお上手ねー。お絵を習っていらっしゃるの？」と聞かれ、まさか子供の時から先生に絵を習うということが、世の中にあるとは知らなかったので、毎日描いているおつづきのことかと勝手に思って「ハイ！」と言ってしまうと、「やっぱりねー」なんてうなずき合っていらっしゃった。何か悪いことを言ってしまったかな。

普段遊ぶゲームはトランプ、投球盤、コリントゲーム（パチンコのはしり）、スピンスピンゲーム（コマを使う）、おはじき、ピンポン、毬つき、お手玉、あや取り。お正月にはイロハかるた、長じて百人一首、双六が主なものだった。野外では羽根突き、かくれんぼ、鬼ごっこ、縄飛び、ブランコ、砂遊び、石蹴り、子とろ、陣取り、平行棒、竹馬、木登り、クロケット……。いろんな遊びをしたものだ。

毎日ではないが、広座敷の雨戸を全部閉め切って、それぞれ書生におんぶしてもらいかくれんぼをした時は、すごくスリルがあって面白かった。それは両親の留守の時だったと思う。普段人気のない二階の応接間の窓から、屋根へ出て瓦の上を歩いたり、三尺の出入口があれば柱に両足を突っ張って鴨居まで登り、忍者のように天井に張り付いて下を通る人を驚かしたりもした。本気で手裏剣の練習をしたこともある。すぐにかぶれる質だから、次々にかぶれるものがあった。毎日々々遊ぶのに忙しくてあまり机に向かっていた記憶がない。

昭和13年（1938)、松平邸にて。クロケットに興じる家族とお付きの人たち。

昭和6年（1931)、おもちゃで遊ぶ松平保定。念願の男子だけに特別扱い。

三　人種差別（差別用語）について

私の生まれたのは第一次世界大戦のおしまいの頃。子供の頃、読んだ漫画（ポンチ絵）には、とんがったヘルメットをかぶったドイツ兵が、「降参々々……」と土下座している絵があった。その前は日清、日露の戦いがあったので、弁髪で青龍刀をかついだ支那兵が逃げている絵があった。ロシアのことを「ロ助」と言っていた。日本は小さい国なのに、世界一強い軍があると思い込んでおり、ついつい支那人や朝鮮人を軽蔑する風があったことは確かだ。

家では、お客様が来た時、よく〈維新号〉の中華料理を出した。その時は、支那人のコックが二人ぐらいで大鍋や材料を持って来て、台所で調理をすることになっていた。私は隣の配膳室からそれを覗いて見た時、つい「支那のチャンチャン坊子」とはやし、ひどく叱られたことがあった。今は支那と言っても駄目だとのこと。昔は「ロシヤ、ロシヤ」と言っていたから、ソ連となってもつい「ロシヤ」と言っていたら、そのうちまた「ロシヤ」に戻ってしまった。

つんぼ、ちんば、めっかち、黒んぼなど、差別的な言葉に対して、私は口を慎まなければならない。もうじき口もきけなくなるからいいけれど、頭だけはぼけて、口だけは達者のままだったら何を言いだすか心配だ。なんてひどいことを平気で言っていたことか。自分が敗者、弱者の身になった今初めてわかった。

いたずらに只年重ね居る この頃は
人の情けの 身にしみるかな

四 歯医者の思い出

私は歯が悪くて、小さい頃からよく歯医者に通った（ホウロウ質が弱くて、痛みもないのに気がついた時には虫歯になっており、質が悪い）。歯医者に費やした時間とお金は本当に大変なものだった。

子供の頃、小石川に住んでいた時は伝通院のそばの皆川さんに通った。皆川さんは会津藩士の孫で、邸で〈会津会〉がある時はよく来ていた。身体の大きな人で、眼鏡を掛けており、声もひと際大きくて奥の部屋まで響くので、大勢の人の賑やかなざわめきの中でもすぐにわかり、「ああ皆川さんが来ているな」と思ったものだ。

お正月とか、九月二十三日（白虎隊のお祭りの日）の酒宴には、表座敷（十二畳、八畳、八畳）と両側に一間ある畳廊下がいっぱいになるほど、旧家臣が集まる。ところがその皆川さんは酒癖が悪くて、飲むと暴れだす。ある時、とうとう女中たちを追いかけて台所のほうまでヨロヨロと出て来たことがあった。女中たちは「キャア！　キャア！」言って隠れてしまうので、奥と表の廊下の三叉路で道を間違えて奥に向かって突進して来た。私たちは怖くなって、運動部屋の奥のピアノと壁の細い隙間に身を隠して息を殺していると、なおも大声でわめきながら突進してきて、とうとう父の書斎まで来てしまった。私たちはどうなることかとそっと後をつけて行くと、いつものアームチェアに腰掛けていた父が「皆川！」と一喝した途端、ヘナヘナと酔いが醒め絨緞の上にひれ伏し、「申し訳ございません」と何度も額を床につけて謝って、コソコソと帰って行って一段落がついた。

そんな歯医者さんだったが、普段は人が良くって親切なのだ。その医院はガタガタした格子戸を開けると、下が住まいになっていて、すぐに胸突八丁の階段があり、二階にある八畳二間の奥のほうが診療室で、手前の部屋が待合室になっていた。障子を開けると真ん中に瀬戸の火鉢があって、汚いせんべい座ぶとんに五、六人の患者がいた。身体の大きな先生が歩くとみしみしと家中が揺れた。

ガリガリと歯に穴を開ける機械は足で踏んで回す。今ではブヒューンと高周波の機械で治療するので痛くないが、昔の機械は、本当に頭のてっぺんまで響いたので、治療の時、私は身体中をかたくして椅子にしがみ付いていた。ちょうど道路工事でアスファルトにガタガタと穴を開けるのと、同じような感じだった。また、今は唾を吸い取る細い管を口の中に入れてくれるからいいが、昔は治療中に唾が口の中に溜まってしまい、抜歯をした後などは口をうがいすると、ガラス製の器に真っ赤な血が混じっていた。こんなんじゃ唾を呑み込む勇気が出ない。

家まで歩いて帰る道は、安藤坂の途中から三井さん[98]の裏に出て、人通りの少ないところを歩く。お邸町を歩いている間は、時々溝に唾をはくが、またすぐ溜まってしまう。下の水道端通りへ出ると、溝もなくなってしまい困ってしまう。たまに知った顔に挨拶されたら口がきけなくって、黙って目礼をして通り過ぎる有様だった。

それから、小学校の頃は歯列矯正にブリッジをかけるのがとても嬉しくって、大得意だった。今は金歯は嫌らしくて流行らないので白いものになったが、奥歯に金がチラチラするのはおしゃれで嬉しかった。あほかいな……。

学校の休養室にも歯医者がいて、阪本さんが、お昼休みにその歯医者さんに行くのを皆でからかって、「好きなんでしょー」と言ったりしていじめたりした。その上その歯医者さんの名前が金之丞というから笑っちゃう。彼女は一生懸命弁解して、「家の親があそこに行けと言うのよ！」ともっぱら親を恨んでいた。

結婚してからは、麹町の金子さんという高い歯医者に通ったが、さすがにそこで治した歯は二十年ぐらいびくともしなかった。戦争になって甘いものが食べられなかったからかもしれない。妊娠すると、まずお腹の子供がカルシウムを必要として、文字通り親の骨身を削るのか、まだ妊娠とわかる前に歯が悪くなるし、貧血にもなってしまった。一度、金子さんのところで治療中に脳貧血を起こして、先生が「赤酒（せきしゅ）！　赤酒！」と叫んだので、何かと思ったら葡萄酒を飲まされて寝かされたことがあった。

アメリカとの戦争中、東京も空襲されるようになった頃、こんなこともあった。主人は招集されて戦地だし、三歳と生後三ヶ月の子供連れでは邪魔になるばかりなので、昭和十九年五月、軽井沢の別荘に疎開することになった。この不便なところで、あろうことか親知らずが痛みだした。痛み止めの薬などあるはずはなく、「冷やしてみたり、塩水を口に含んでいると良い」

と周りが言うのでやってみてもぜんぜん駄目。別荘番の佐藤完さんに聞いたところ、東京の歯医者さんがある町に来ているらしいという。九月になってそろそろ寒くなり始めた頃、ちょうど引き揚げようかという日に辛うじて間に合い抜歯してもらった。その先生は歴とした歯医者さんだったから不幸中の幸いだったが、次の話はちょっと信じられない話。

戦後の昭和二十一年、静岡の西奈村瀬名に移住していた時に、また歯痛が始まった。そこは田圃の中の一軒屋。歯医者さんなんかいやしない。隣の村の瀬名川に元歯医者だった人がいると聞いて行ってみると、普通の汚い農家だった。土間の隅の赤茶色にすすけた障子を開けると、驚いたことに三畳ほどの擦り切れた畳の部屋に、埃をかぶった歯医者用の椅子がデンと置いてある。「どうぞどうぞ……」と言われて逃げ出す訳にもいかず、恐る恐る腰掛けた。消毒してある器具かどうかもわからぬまま黴菌が入ったらどうしようと怖くって、どう治療してもらったのか、どんな顔した先生だったか一切記憶に残らないほどだった。夢中で帰って来て、ちょっと心配だったが、その後腫れることもなく痛みも治まったので、多分ちゃんとやってくれたのだと思う。でも二度と行く気にならなかった。

銀座の真鍋さん、田園調布の先生、高輪の小森さん、鈴木さん、そしてつくし野の黒沢先生など、何回となく通った。現在通っている頼沢先生とは二十年近くのお付き合いで、私の八十年近く使い古した、ぼろぼろの歯をなんとかもたせようと必死になって差し歯にしたり、かぶせたり努力して下さったが、とうとうお手上げで先日総入れ歯をつくって下さった。

頼沢先生は、お茶の水の医科歯科大学に通っている時、インターンとして私の係になって下さった方で、つくし野に越してから何年か経った頃、偶然に彼とすずかけ台駅でバッタリお会いした。彼は大学を卒業して結婚したての奥様とここで開業するために、家を見に来られた帰りだったので、あちらもびっくりされたが、本当に懐かしい出会いだった。

開業されてから早速、私はそこの患者になった。始めはお住まいも一緒で奥様が手伝っておられた。三人の子供さんにも恵まれた。今では立派に成人し、いたずら坊主だった小学生が結婚して、親のもとから離れていく過程を見せつけられる有様で、嬉しくもあり、淋しくもあり(もっとも、これは歯医者には関係のない話ではあるが)。

昭和23年（1948）、西奈村瀬名。戦後、第六天町の屋敷を手放し、静岡で夫婦で畑仕事をしながら子育てをした。

五 オートバイの音

家の息子[99]はお小遣いを貯めて、ようやくこの前五十シーシーのオートバイを買うことができた。息子は、そのオートバイで北海道や九州をよく飛び回っていたが、休暇がそんなに取れないのでカメラを持って行ってもあまり撮影する暇がないという。腕をぶるぶるさせて、脇目もふらずにただただ走るだけのようだ。

オートバイといえば、つくし野に住んでいた頃を思い出す。夜中に突然やってくる暴走族のオートバイの騒音には本当にまいった。せっかく気持ちよく寝ているところだったのに、目が覚めてしまって本当に癪にさわった。それこそ、起きていって針金でも張って引っ掛けてやりたい気持ちに何度もなったものだ。

でも、オートバイは嫌な思い出ばかりじゃない。

お友達のキリスト(もちろん徒名)さんは、カワサキ・ダブルワン型で東名を走って家に遊びに来るすごい人だ。お寿司をごちそうしてあげたら、とても喜んでくれて、さて帰る時オートバイのエンジンをかけ始めた。その音といったら「ダッダッダッ」というお腹にまで響くすごい音。どこかで聞いたことがある音だと思ってはっと思い出した。学習院の卒業式の時、皇后陛下が行啓になって、そろそろ還啓になる少し前で、先導の警備の憲兵が乗るサイドカー付のオートバイが二台ぐらい一斉にエンジンをかける音だ。懐かしい。あの校庭の並木と、全校生徒の紫の紋付袴の列が端からさあーっと最敬礼をしていく姿が目に浮かんでしまった。戦争を知らない今の女の子が聞いたら怖いと思うような音を懐かしいなんて。飛行機の爆音も空襲を受ける前までは大好きだった。本当にしょうがないばあさんだこと……。

ハワイに行った時、ちょうど日米合同の空中演習を行っていて、久しぶりに空中戦の宙返りのフューンという音を聞いた。日本中を敵に回して最後まで戦った会津の松平容保の孫であり、世界中を敵に回してひどい目に合いさんざん悲しい目に合った日本人の一人なのに、なんだかまだこりていない好戦的な人間のような気がする……。

六 美容院の今昔

最初に美容院というところに行ったのは、丸ビル[100]の中の店だったが、店名もどんな髪型だったかも、全然覚えがない。子供の頃はただのオカッパで、母がチョキチョキしてくれていたのだが、なぜそんなところに連れて行かれたのだろう？　そのうちモダンガール風に前はオカッパ、後ろはうんと刈り上げるスタイルが流行って、母にはバリカンでの刈り上げができないので、家に来る父の床屋さんにやってもらうようになった。それから銀座の〈ハリウッド〉〈メイ牛山〉[101]に行くようになった。美容院よりも、むしろ隣の資生堂だかオリンピックだかで食べる〈銀座ビューティー〉というこってりしたアイスクリームソーダーのほうが忘れられない。

髪型はシャーリー・テンプル[102]風とか、ディアナ・ダービン[103]風とか、アメリカ映画の影響が大きかったと思う。まだパーマネントをかける人はほとんどなく、学校でも禁止されていたから、尾州家の百合子さん〔104〕が、アメリカから帰ってパーマをかけていらっしゃった時は注目の的になった。

我々の時は、パーマにするためこてでクルクル巻くのだから大変。姉の結婚式パーティーでクルクルにした時は、翌日学校に行くのにそれを伸ばすため苦労した。姉たちは三つ編みのお下げ髪だったので、毎朝学校へ行く前は鏡台の取りっこで随分時間をかけていた。私は横分けにしておき、お下げ留めで留めて肩ぐらいまで伸ばしていた。学校の規則では短くするか、きちっと三つ編みにするかであり、ばさっと中途半端に伸ばすのは一種の不良だった。我々グループでは、これを〈被髪〉と称していた。語源は漢文で習ったもので、伸び放題の髪という反体制の表れ。セーラー服のスカートも幾分長く、安全ピンなどでウエストを細く留め、上衣もウエストに合わせて細く縫うかスナップ留めに縫い直す。

今時の番長と同じことを、六十年も前の女子学習院でもやっていたとは、世の中ちっとも進歩していない。今も昔もささやかな抵抗である。

さて美容院の思い出といえば、戦時中の〈電髪〉というものだ。これは、頭中にロールをいっ

四月十一日

倫敦の正子様へ

叔父様叔母様（松平大使御夫妻）をはじめ皆様御元氣ですか。この間大使館のお庭で撮った次郎様のお可愛いお寫眞を拜見いたしましたが、正子様はちつともくださいませんのね。是非どうぞ……學習院がお休みなので、今日もお友達がいらしつて、テニスしてます。輝ける日よ、そよ風よ、この樂しきところをロンドンに運んでおくれ――正子様をお迎へする日をお待ちしつゝ……

子爵松平保男氏令孃 和子様

昭和８年（1933）『主婦の友』5月号、「初夏の麗人」。

ぱい付けて、電熱で髪の毛を焼く恐ろしいことだった。地震でもあったら逃げられない。私は、戦前にパーマネントウェーブをかけていなかったので、あまり詳しくはないが、敗戦近くなると電力が使えなくなったので、こてを当ててもらうのに美容院に木炭を持って行ったことがある。今は薬品だけでパーマをかけられるから楽だけれど、乾かすのに、最近まであの熱いお釜をかぶせられた。最低三時間から五時間も掛かったから、ほとんど半日掛かりだった。その代わり座る暇もない主婦にとっては、ゆっくり休めるありがたい場所でもある。その上、勝手なお喋りができて、実に下らない女性週刊誌も読める。ハンサムな男性美容師にお世辞を言われていれば、ホストクラブ（行ったことはないので知らないけれど）にいるようなものだ。全身美容も一度ぐらいしてもらったことがあるが、まさに天国だ。

昭和三十年頃のことだったか。新橋の元橋さんという美容院に通っていた時、ここは場所柄芸者やホステスのお客が多かった。ある日のこと、その店に一人のお客が入ってきた。その途端、従業員たちがヒソヒソとざわめき始めた。ついにはそのお客ともめ始める。一体何のことかと思いながら見ていたが、そのお客はしばらくして帰ってしまった。何だったんだろうと思い、店の人に「どうしたの？」と聞くと、小さい声で「あの人の頭にシラミがいっぱいたかっていた」と言うので、ぞっとしてこちらまでかゆくなってきた。

シラミといえば、戦争中、田舎に疎開していた姪が、学校でシラミをうつされて「ただお湯で洗っただけでは落ちなくて、地肌にしがみ付いているんだから大変だったのよ」と姉が言っていたのを思い出した。まだ新橋や有楽町で戦災孤児が靴みがきをしていた時代だ。

さて、美容院でいつも頭にくるのはシャンプーの時。「もう少し上に上がって下さいませんか？」と店員が言うので、「足が短いからこれ以上は上がれないのよ！」と言い返してやった。そうしたらその店員は、軽蔑の眼差しで私を見ていた。もう頭にきた！　あの椅子は外人向きではないかと思うほど、足台との距離が長いくせに。沢山の美容院に通ったが、唯一私の身長に合う椅子があるのは多摩プラーザの店だけ。その上、担当の美容師は痩せっぽちで、小柄の男で、技術は抜群、山形出身で話がよく合う。ああいったつらい仕事は辛抱強い東北出身者が多い。そのうち、多摩プラーザも人手不足で沖縄出身の女の子が多くなったけれど。

シャンプーといえばまだある。シャンプーの時、顔に布を掛けられるのは心臓が苦しくなって嫌いなので、渋谷の美容院で聞いてみたら、「すみません。練習の時は布を掛けなくても、お客様の顔に水が掛からない訓練をするのですが」と言う。お互いに顔を近づけるため、口臭が（ぎょうざを食べた後など）気になるからかと思うが、それなら彼らがマスクをすれば良いのだ。

シャンプーは概して男のほうが上手だ。男性は力をセーブしながら洗うので、ソフトで手が大きいだけで充分だが、若い女の子は全力で力いっぱいするので、首がグラグラしてただでさえ目眩がしてくる。文句を言おうと思うけれど、言う前に終わってしまう。それで結局、我慢してしまう。そんなことの繰り返し。それなら家でシャンプーをすればいいのに、と思うかもしれない。もちろん以前は、夜お風呂に入る時にしていたけれど、今ではヨロヨロで身体を洗うのが精一杯。従妹のようにお風呂に入っていて脳溢血で倒れプカプカ浮かんでいるのだけは嫌だと思って、早々と上がってしまう。現在では、贅沢なことに洗面台にもお湯が出るので、昼間立って洗えばと思うけれども、それでも疲れてできないので美容院に行くことになってしまう。

子供の頃は、夜はお風呂で洗髪すると風邪をひくと言われて、女中たちだけそうしていた。洗面所に湯沸器ができる前は、大やかんに何杯もお湯を沸かして、昼間母が洗ってくれて、広い芝生の庭で太陽にあたってよく乾かした。ある日、大量にお湯を沸かした時点で、二階からおばば様が降りていらっしゃって「今日は猿の日だから駄目、髪が赤くなる！」と言われて、洗髪が取りやめになったこともあったっけ。今時、髪を赤く染めている若いお人よ、猿の日に洗うといいよ。

その洗面所というのが、お風呂場（お湯殿）の脱衣所で、お風呂屋さんのように広い八畳ぐらいの板敷にうすべり（ござ）を敷き詰めた横にあって、座って洗面をした。銅壺（どうこ）といって、銅でできた筒型の湯沸器で沸かしたお湯を、下の蛇口から生ビールを注ぐようにして使った。

朝学校へ行く前に、いつも洗面所を使う。冬の季節、まだ薄暗い早朝でも洗面所のお湯は毎日出ていた。あの大量のお湯を沸かすのに、ガスコンロに火を点ける女中は随分早く起きたのだろうなあと、当時は当たり前だったことを、今頃になって感謝している今日この頃……。

美容院の話がとんだ思い出につながってしまった。

あとがきに代えて

原稿をワープロで打ってくれた輝ちゃん〔105〕から電話があり、何か題名をつけなければと急に言われて困ってしまった。まえがきにあった「限りなく透明に」が良いというのだけど、文中に手あたり次第、ベストセラーの本から言葉を取り入れて書いてしまったため、それでは盗作になってしまう。「まあ、みみずのたわごとみたいなものね」と、口走ったら、それが良いといって、そのままタイトルに打ってしまった。なんとなんとこれは、大文豪・徳富蘆花の作品名〔106〕なのに。

六部限定で兄弟だけに配ったものの、九州の大御所様〔107〕から、他人には見せないようにとの電話がきた。ワープロ打ちの製本があまりに上手にできていたためか、印刷所に出したと思ったのかもしれない。「もちろんです、回し読みをしたらすぐに捨てますから」と申し上げた。ところがこれを読んだ甥姪孫たちが面白いと言ってお腹を抱えて笑っている。「おばあちゃま、早く続きを書いてよ」などと年寄りを喜ばせる。また何か勘違いをしておいでのようで、華やかな全盛時代のお話を読ませてほしいなどのお世辞も言う。確かに、軽井沢には六千坪の別荘があり、庭で乗馬やテニスを楽しむことができた。葉山の海岸近くの別荘は海水浴と冬の避寒用、第六天の広い屋敷にはコックや運転手など二十人以上の使用人も住んでいた。公爵夫人として上流社交界でのお付き合いもあった。ただ、そこで想像される鹿鳴館時代のような世界は、私の一世代上まで。大姉様、小姉様までは伯爵夫人、子爵夫人としてまだまだ良い生活をなさっていたが、私が結婚した昭和十三年は、七月に盧溝橋事件[108]が勃発、女学校時代は満州事変、支那事変と軍事一色、友達とも「卒業したら絶対従軍看護婦になってお国のために死のう」などと興奮してはしゃいでいたほどだった。その割に、満州開拓団の人と結婚してひどい目にあった人が一人いるほかは、戦争未亡人になった人もいないのだが。ただ私たち姉妹五人も、男だったら全員戦死だっただろう。

慶光の同級生では、音羽侯爵[109]、近衛文隆（公爵長男）[110]、伏見伯爵[111]、私の従兄弟の山田貞夫（伯爵次男）[112]、妹・順子の主人・徳川熙（分家男爵長男）[113]、義姉・久美子の主人・松平康愛（侯爵長男）[114]、ごく近い人たちだけでも戦死者がこれだけいる。鬼ごっこをして遊んだ仲だった。

妹が嫁いだ稲葉家の甥[115]が、特攻隊で出撃の前に、葉山の別荘にいた私のところへ訪ねて見えた時のことを思い出す。本牧の別荘で遊んだ後、私も彼も普段無口なのに早口言葉の競争をして無茶苦茶喋り、皆があっけにとられていた。

松平康愛さんは、私が真佐子のお産で聖路加病院に入院していたところへお見舞いに来て下さって、「これから青山斎場の私の父のお葬式に行ってきます」と言ってそれっきり。フィリッピンで戦死してしまった。

煕さんは珍しく第六天に訪ねて見え、すごくご機嫌で酔っぱらって義妹たちとピアノを弾いて歌い、家の老女に怒られてやっとおとなしくなり帰られた。後に潜水艦で戦死……いつも私は鈍感で、まさかお別れに見えたとは気づかず楽しく話をしただけ。本当に悔やまれる。

そのような訳で、のんきな少女時代と違った話……娘はおどろいた話や大事件などを書けばよいと言うが、それはあまりに多くて私のとぼしい脳細胞ではとてもまとまりがつかない。婚家のことは、怖い伯母様方は全滅したものの姉妹は元気であるから、嫁の立場としては〝良い話〟だとしても、私の毒舌が走り出すと止まらないからやめておきましょう。

夏目漱石、二葉亭四迷は寄席に通ったとかで、落語の影響を受けてああいう文章を書いたと聞いたが、少女の頃、作文の時間に提出する私の文もへそまがりのものが多かった。ちゃんとしたものは私には書けないので、年代を追って書かずに「歯医者」「美容院」のように、ある一つのテーマで書いていくことにした。

徳川和子

大正六年七月二十一日生

父　松平保男　旧会津藩主　子爵　海軍少将

貴族院議員

母　松平進子　旧沼津藩主子爵水野忠敬四女

東京市小石川区小日向台町に生る

大正十年女子学習院幼稚園入園

大正十二年九月　女子学習院前期入学

昭和八年四月　女子学習院本科卒業

同年裏千家不審庵入門以後五十年間断続的に

茶の湯の道に親しむ

昭和十三年十月貴族院議員公爵徳川慶光と結婚
昭和十五年夫慶光最初の召集、習志野訓練中
肺炎の為陸軍第二病院入院、召集解除。
昭和十七年長女安喜子出産、
昭和十九年次女眞佐子出産
同年、夫三度目の召集で出征、東京の空襲烈
しく同年五月軽井沢別荘に疎開、
昭和二十年八月終戦、十一月東京へ引揚、
同年十二月夫帰還、
昭和二十一年元高松宮邸別邸興津座漁荘に引
移、其後静岡市西奈村瀬名へ引移、長女安喜
子西奈村小学校へ入学、

昭和二十五年次女真佐子入学、
仝年二月一日長男慶朝出産、
仝年四月十七日東京港区高輪高松宮邸内官舎へ移転、　子供達高輪台小学校へ転校、　後森村学園へ入学、
昭和三十九年長女安喜子深川行郎と結婚、　二男一女をもうける、
昭和四十一年、　次女真佐子平沼赳夫と結婚、　二男一女をもうける。
昭和四十七年九月町田市南つくし野に移住、
平成五年二月、　夫慶光他界、
平成七年三月　長女安喜子他界

春

花吹雪別れの道にふさわしく

夏

さわやかさたった一輪夏椿

老いの目に夏日まぶしき半げしょう

秋

虫の音も日毎すがれて秋もゆく

冬

迷うことなくてうれしき今朝の霜

昭和13年（1938）11月、稲葉邸にて松平保男還暦祝い。

【脚注】

［1］松平保男（もりお、明治11年12月6日〜昭和19年1月19日）会津松平家12代当主、子爵。容保5男。

［2］松平進子（ゆきこ、明治22年11月2日〜昭和43年8月6日）旧沼津藩主家水野忠敬4女。

［3］飯沼関弥。実際には白虎隊士飯沼貞吉の弟である。息子の一省は貴族院議員となっている。

［4］松平順子（よりこ、大正10年1月16日〜）は保男5女。徳川誠男爵（慶喜9男、徳川慶喜家分家初代当主）嗣子熙と結婚。夫の戦死後、原田進夫人となる。

［5］川村貴代（弘化元年1月5日〜大正9年8月28日）容保側室で川村源兵衛女。長女美禰子、2女泡玉院、男児（敬彦霊神・愛彦霊神）、4男恒雄の生母。

［6］松平容保（かたもり、天保6年12月29日〜明治26年12月5日）会津松平家9代当主。美濃高須藩10代藩主松平義建7男として生まれる。生母は古森千代子。会津藩8代藩主松平容敬の養子となり、容敬5女敏姫（天保14年9月10日〜文久元年10月22日）と結婚する。

［7］田代佐久（弘化3年〜明治42年8月29日）容保側室で田代孫兵衛女。長男容大、2男健雄、3男山田英夫、5男保男の生母。

［8］松平鞆子（ともこ、明治6年1月17日〜昭和16年7月28日）浜田藩主松平武聰長女。11代当主容大（かたはる、9代容保長男、明治2年6月3日〜明治43年6月11日）と結婚。

［9］松平通子（みちこ、大正4年2月6日〜昭和6年1月2日）保男3女
［10］大村芳子（よしこ、明治41年8月11日〜平成11年11月27日）は保男長女。旧肥前大村藩主家大村純毅伯爵に嫁ぐ。

［11］逸見五郎。会津松平家家令（在任昭和13年8月17日〜）記録上は関東大震災時に在任していない。

［12］稲葉徳子（のりこ、明治45年5月19日〜平成12年9月5日）は保男2女。旧淀藩主家稲葉正凱子爵に嫁ぐ。

［13］貞明皇后（明治17年6月25日〜昭和26年5月17日）は九條道孝公爵第4女子で御名は節子。大正天皇皇后。

［14］香淳皇后（明治36年3月6日〜平成12年6月16日）は久邇宮邦彦王第1女子で御名は良子。昭和天皇皇后。

［15］鞆子の兄弟姉妹の子と思われるが、不明。

［16］山階宮武彦王妃佐紀子女王や師正王（東久邇宮）、寛子女王（閑院宮）が薨去し、徳川家一門でも池田仲博侯爵（徳川慶喜5男）夫

人亨子が亡くなっている。

〔17〕大島義脩（おおしまよしなが、明治4年8月1日～昭和10年7月1日）は大正7年（1918）より同12年（1923）まで女子学習院長を務める。

〔18〕相馬甫胤（大正6年4月6日～）か。旧中村藩主家相馬孟胤子爵3男。

〔19〕伊達宗美（大正7年3月30日～昭和57年10月24日）か。旧仙台藩主家伊達邦宗伯爵5男。

〔20〕松平信子（明治19年7月25日～昭和44年5月8日）は佐賀藩主鍋島直大侯爵4女。松平保男の兄恒雄に嫁ぐ。雍仁親王妃勢津子（秩父宮妃）の母。

〔21〕三笠宮崇仁親王（大正4年12月2日～平成28年10月27日）は大正天皇第4皇男子で称号は澄宮。昭和10年12月2日に三笠宮の宮号を賜る。

〔22〕野村捨子（大正6年6月26日～）有地藤三郎男爵の娘。

〔23〕山本満喜子（大正元年11月3日～平成5年7月24日）山本清伯爵長女、山本権兵衛の孫娘にあたる。

〔24〕中沢恵子（明治41年7月14日～平成9年1月18日）は旧喜連川藩主家足利於兎丸子爵3女。

〔25〕敬子（けいこ、大正13年5月3日～平成8年2月9日）保男6女、松本文治夫人。

〔26〕長男松平容恭（かたやす、明治44年3月18日～5月9日）と大正9年2月13日死去の男児。この後、大正15年8月19日にも男児が死去している。

〔27〕山川健次郎（安政元年7月17日～昭和6年6月26日）会津藩士山川尚江3男。東京帝国大学総長、理学博士、男爵。

〔28〕保定（もりさだ、大正15年8月19日～平成23年8月9日）は保男2男、会津松平家13代当主。

〔29〕保興（もりおき、昭和5年5月8日～）は保男3男。

〔30〕塩谷温（明治11年7月6日～昭和37年6月3日）は漢学者。東京帝国大学名誉教授。

〔31〕松平恒雄（明治10年4月17日～昭和24年11月14日）は容保4男。母は川村貴代。雍仁親王妃勢津子（秩父宮妃）の父。

〔32〕御薬園は福島県会津若松市に所在。国指定名勝。

〔33〕土津神社は福島県猪苗代町に所在。陸奥会津藩初代藩主保科正之を祀り、その墓所がある。国指定史跡。

〔34〕院内御廟は福島県会津若松市東山町に所在。2代藩主正経以降の歴代当主・家族の墓所がある。国指定史跡。
〔35〕飯盛山は福島県会津若松市一箕町に所在。白虎隊士の墓所がある。
〔36〕昭和天皇（明治34年4月29日〜昭和64年1月7日）は第124代天皇。大正15年12月25日践祚。
〔37〕照宮成子内親王（大正14年12月6日〜昭和36年7月23日）は昭和天皇第1皇女子。昭和18年10月13日に盛厚王（東久邇宮継嗣）妃となる。戦後皇籍離脱し、東久邇成子。
〔38〕孝宮和子内親王（昭和4年9月30日〜平成元年5月26日）は昭和天皇第3皇女子。昭和25年5月20日に鷹司平通（旧公爵家）と結婚し、皇籍を離れる。
〔39〕順宮厚子内親王（昭和6年3月7日〜）は昭和天皇第4皇女子。昭和27年10月10日に池田隆政（旧岡山藩主家、旧侯爵家）と結婚し、皇籍を離れる。
〔40〕清宮貴子内親王（昭和14年3月2日〜）は昭和天皇第5皇女子。昭和35年3月10日に島津久永（旧佐土原藩主家、旧伯爵家）と結婚し、皇籍を離れる。
〔41〕久宮祐子内親王（昭和2年9月10日〜昭和3年3月8日）は昭和天皇第2皇女子。
〔42〕水野貞子（ていこ、明治18年4月5日〜昭和29年10月3日）、水野忠敬子爵3女で、和子の母進子の姉。旧結城藩主家の水野直子爵に嫁ぐ。
〔43〕平松廉子（きよこ、明治40年4月29日〜昭和22年3月12日）は水野直子爵長女。後にこの時の恋人平松牛郎と結婚する。
〔44〕水野博（ひろし、明治43年11月2日〜）は水野直子爵2男。
〔45〕小田川顕（あきら、大正8年5月21日〜）は水野直子爵3男。
〔46〕ルドルフ・ヴァレンティノ（Rudolph Valentino　1895年5月6日〜1926年8月23日）はイタリア出身のハリウッド俳優。
〔47〕ホテルニューグランドは神奈川県横浜市中区山下町に所在。昭和2年開業。
〔48〕五軒町は現在の新宿区西五軒町・東五軒町。
〔49〕朝吹登茂子（大正6年6月8日〜昭和62年12月20日）は山本清伯爵3女。山本権兵衛の孫にあたる。朝吹登水子の兄朝吹四郎と結婚。
〔50〕木村華子（旧姓阪本、〜平成11年5月6日）

〔51〕佐藤幹二。
〔52〕宇賀寿子。
〔53〕尾上柴舟（明治9年8月20日〜昭和32年1月13日）は書家、歌人。明治41年より女子学習院教授を務めた。
〔54〕尾上虎子
〔55〕近藤（旧姓榎本）盈子。
〔56〕日笠美枝子（大正6年5月30日〜昭和58年4月20日）は山県有道公爵長女。山県有朋の曽孫にあたる。
〔57〕増田熙子（大正6年6月16日〜）は毛利五郎男爵の3女。旧山口藩主毛利元徳公爵の孫にあたる。
〔58〕小沢（旧姓西郷）稲子。
〔59〕井伊文子（大正6年5月20日〜平成16年11月22日）は旧琉球王家尚昌侯爵長女。最後の国王尚泰王の曽孫にあたる。旧彦根藩主・伯爵家の井伊直愛に嫁ぎ、歌人として知られる。
〔60〕安宅真佐子（大正6年7月27日〜）は竹屋春光子爵2女。
〔61〕朝吹登水子（大正6年2月27日〜平成17年9月2日）は朝吹常吉長女でフランス文学者。夫がコティ社取締役のアルベール・アルゴー。
〔62〕西原（旧姓金子）鈴子
〔63〕実吉直子（大正6年5月21日〜平成19年1月18日）は小池正晁男爵2女、実吉純一（旧子爵家）に嫁ぐ。
〔64〕間瀬清吉。会津松平家家扶（会津別邸詰）。
〔65〕野出蕉雨（弘化4年〜昭和17年）は画家で会津藩士土屋善広の2男として生まれる。塩田牛渚に師事した画技にとどまらず、槍術では大内流の免許を持った。藩主松平容保が京都守護職を拝命した際、主君に従い上洛した。維新後は巡査や裁判所職員を勤めた後、明治17年に上京、画業に励んだ。牡丹図の名手であった。
〔66〕松江春次（明治9年1月15日〜昭和29年11月29日）は会津藩士松江久平の2男。大正10年（1921）にサイパン島に設立された南洋興発株式会社の初代社長。砂糖王の異名を持つ。
〔67〕1920年と1931年に映画が制作されており、このどちらかと思われる。
〔68〕高峰秀子（1924〜2010）は女優。

〔69〕徳川夢声（１８９４～１９７１）はマルチタレントの元祖といわれる。本名は福原駿雄。
〔70〕ゲイリー・クーパー（Gary Cooper　１９０１～６１）はアメリカの俳優。
〔71〕淀川長治（１９０９～９８）は映画評論家。
〔72〕フランチョット・トーン（Franchot Tone　１９０５～６８）はアメリカの俳優。
〔73〕大森智江子（大正６年５月３日～）は矢吹省三男爵３女。
〔74〕ケーリー・グラント（Cary Grant　１９０４～８６）はイギリス出身でアメリカで活躍した俳優。
〔75〕クラーク・ゲーブル（Clark Gable　１９０１～６０）はアメリカの俳優。
〔76〕松平一郎（明治40年11月15日～平成４年12月24日）。和子の伯父松平恒雄長男。雍仁親王妃勢津子（秩父宮妃）の兄。
〔77〕或る夜の出来事（原題 It Happened One Night）は１９３４年公開のアメリカ映画。日本配給は１９３４年。
〔78〕風と共に去りぬ（原題 Gone with the Wind）は１９３９年公開のアメリカ映画。日本配給は戦後の１９５２年。
〔79〕制服の処女（原題 Mädchen in Uniform）は１９３１年公開のドイツ映画。日本配給は１９３３年。
〔80〕会議は踊る（原題 Der Kongreß tanzt）は１９３１年公開のドイツ映画。日本配給は１９３４年。
〔81〕若草物語（原題 Little Women）は１９３３年公開のアメリカ映画。日本配給は１９３４年。
〔82〕花詩集は１９３３年月組初演の歌劇。
〔83〕東京宝塚劇場は千代田区有楽町１丁目に１９３４年１月オープン。１９９７年12月に閉場し、現在は東京宝塚ビル内に所在。
〔84〕水の江瀧子（１９１５～２００９）は女優で松竹歌劇団一期生。
〔85〕オリエ津阪（１９１２～２００３）は松竹歌劇団の男役スター。
〔86〕築地川を挟んで、新橋演舞場を拠点とする宝塚と、東京劇場を拠点とする松竹が１９３２年から１９３３年まで競争を繰り広げた。
〔87〕６代目尾上菊五郎（１８８５～１９４９）は５代目の長男。養子に７代目尾上梅幸、外孫に18代目中村勘三郎、外曽孫に２代目尾上右近、６代目中村勘九郎、２代目中村七之助がいる。
〔88〕15代目市村羽左衛門（１８７４～１９４５）は14代目の養子。福井藩主松平春嶽の孫にあたる。
〔89〕７代目松本幸四郎（１８７０～１９４９）は２代目藤間勘右衛門の養子で９代目市川團十郎の弟子となる。長男が11代目市川團十郎、

2男が初代松本白鸚、3男が2代目尾上松緑。孫に2代目松本白鸚、2代目中村吉右衛門、曽孫に11代目市川海老蔵、10代目松本幸四郎、女優松たか子がいる。

〔90〕5代目尾上菊五郎（1844〜1903）は12代目市村羽左衛門の子。3代目尾上菊五郎の外孫にあたる。子に6代目尾上菊五郎、6代目坂東彦三郎。養子に2代目尾上菊之助、6代目尾上梅幸がいる。

〔91〕6代目尾上梅幸（1870〜1934）は5代尾上菊五郎の養子。

〔92〕北原白秋（1885〜1942）は歌人、童謡作家。

〔93〕西条八十（1892〜1970）は詩人、作詞家。

〔94〕アラビヤの唄（原題 Sing Me A Song Of Araby）。1927年に堀内敬三訳詞で出版。

〔95〕藤原義江（1898〜1976）は男性オペラ歌手、声楽家。

〔96〕藤原あき（1897〜1967）は福沢諭吉の甥中上川彦次郎の3女。宮下左右輔夫人となるも、1928年に離婚し、藤原義江と再婚する。後にタレント、参議院議員として活躍。

〔97〕田村和子（旧姓宮下）。女子学習院第48回春組。宮下左右輔とあきの娘。

〔98〕三井三郎助邸。現在の文京区春日1丁目9番地、第3中学校のある場所。

〔99〕徳川慶朝（昭和25年2月1日〜平成29年9月25日）は和子と夫徳川慶光の長男。写真家で徳川慶喜家第4代当主。

〔100〕丸ノ内ビルヂングは1923年竣工。1999年に建て替えのため解体、2002年に新築。

〔101〕メイ牛山（1911〜2007）。1927年、銀座にハリウッド美容室を開業。

〔102〕シャーリー・テンプル（Shirley Temple　1928〜2014）はアメリカの女優、後に外交官。

〔103〕ディアナ・ダービン（Deanna Durbin　1921〜2013）はカナダ出身の女優で、ハリウッドで活躍した。

〔104〕佐竹百合子（大正6年8月29日〜）は尾張徳川家19代義親侯爵3女で旧秋田藩主家佐竹義栄侯爵に嫁ぐ。

〔105〕和子の姉徳子と稲葉正凱子爵の長男である稲葉正輝（昭和15年〜）。

〔106〕徳富蘆花の『みゝずのたはこと』は1913年刊行。

〔107〕和子の長姉大村芳子を指す。

〔108〕文中では昭和13年となっているが、昭和12年（1937）7月7日に北京西南の盧溝橋で起きた日本軍と中国軍の衝突で、日中戦争の発端となった事件。
〔109〕音羽正彦（大正3年1月5日～昭和19年2月6日）は朝香宮鳩彦王第2男子。明治天皇の外孫にあたる。昭和11年4月1日に音羽の家名を賜り、臣籍降下。侯爵を授けられた。マーシャル諸島クェゼリン島で戦死。海軍少佐に特進した。
〔110〕近衛文隆（大正4年4月3日～昭和31年10月29日）は公爵・内閣総理大臣近衛文麿の長男。慶光とははとこ同士（祖母が姉妹）の関係。陸軍少尉として出征中、ソ連の捕虜となる。シベリアでの11年間の抑留生活中に死去。元内閣総理大臣細川護熙は甥にあたる。
〔111〕伏見博英（大正元年10月4日～昭和18年8月21日）は伏見宮博恭王第4男子。母の経子妃は徳川慶喜9女であり、慶光とは従兄弟の関係。昭和11年4月1日に伏見の家名を賜り、臣籍降下。伯爵を授けられた。セレベス島ボネ湾付近で飛行機を撃墜されて戦死。海軍少佐に特進した。
〔112〕山田貞夫（明治44年10月22日～昭和19年8月10日）は山田英夫伯爵の2男で、和子の従兄（父親が兄弟）。山田顕義（長州藩出身の政治家、日本大学法学部の学祖）は母方の祖父。陸軍騎兵大尉として出征中に戦死した。
〔113〕徳川煕（大正5年2月15日～昭和18年7月12日）は男爵徳川誠の長男で、慶喜の孫・慶光の従弟にあたる。海軍少佐として出征中、ソロモン諸島クラ湾で戦死。
〔114〕松平康愛（大正5年12月24日～昭和20年6月4日）は福井松平家17代当主松平康昌侯爵の長男で、徳川宗家16代当主徳川家達公爵の外孫。海軍少佐として出征中、フィリピンのゲリラ戦で戦死。
〔115〕和子の姉徳子の義妹小野煕子（稲葉正凱子爵の妹、明治30年3月11日生）と夫小野哲郎の息子と思われる。

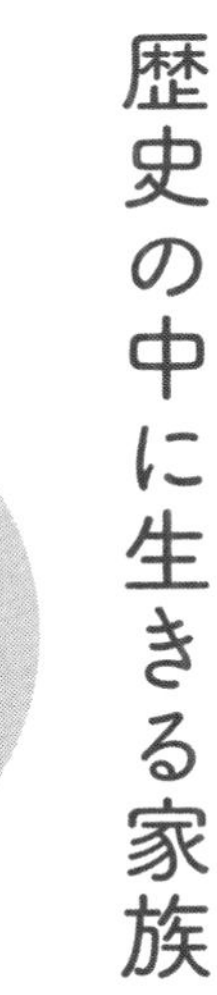

第二章　歴史の中に生きる家族

山岸美喜

はじめに

山岸美喜

祖母からこの手記を受け取った当時は、おばあちゃまの単なる回顧録としか思っていませんでした。時を経て改めて手に取り、想像力を働かせ、その時代に心をタイムスリップさせて読むと、そこに記されているのは会津松平家と徳川慶喜家の歴史の一端、残し伝えていくべきものであり、自分自身にとっても大きな財産であることに気がつきました。

松戸市にある戸定（とじょう）歴史館の収蔵庫に通うようになり、二年半が経ちました。第四代徳川慶喜家当主であった叔父・徳川慶朝は、徳川慶喜家が代々守り抜いた数千点にのぼる史料を寄贈することを決意し、そのように遺言を残しました。「あとは美喜ちゃんよろしくね」と叔父に託されてからの日々、学芸員さんとともに、すでに寄託されている史料を一点一点確認するという気の遠くなる作業を進めています。

四代にわたって大切に保管されてきた品々には、ご先祖様の思いが詰まっています。日本の歴史研究にこれらの史料を役立てていただけるよう、次の時代につながる一歩としたく、皆様に助けられながら努めています。

本書では、祖母・徳川和子の手記に加えて、第三章には徳川慶喜家の写真史料も収めました。その前に、第二章として、祖母や慶喜家にまつわる私の記憶を記しておきたいと思います。というのも、慶喜家の史料に精通した学芸員さんでも詳細がわからなかった品について、家族しか知り得ないささやかな情報により意外な事実が判明するということが度々起こるからです。家族の記憶が、保存されていた史料の意味を呼び覚まし、新たな歴史を刻んでいく。実際に作業に関わることで、自分の役割が見えてきました。

私個人は主婦であり、歴史の専門家ではありませんが、クラシックコンサートの企画を続けてきました。何百年も前に譜面に書かれた作曲家の思いを、現代の演奏者とお客様とで共有し、演奏会という場で時代を超えて縁をつなぐ。企画の仕事と史料の整理のお手伝いにはそんな共通点があると気がつきました。どちらも本当に小さな活動ではありますが、

ひとつひとつが文化のささやかな礎として積み重なっていくよう、今後もさらに心を込めて努めていかなければと改めて気を引き締めています。本書を手にして下さる方と、ご縁を分かち合うことができましたら幸いです。

徳川家と松平家

私は徳川和子の長女・安喜子（あきこ）の長女で、孫娘という立場ですが、先にも書いた事情により、松戸市にある戸定歴史館に預けてある徳川慶喜家の史料と接することになりました。その史料のひとつひとつを紐解くことで初めて、自分の親や祖父母、曾祖父母が背負ってきた歴史の重さを知り、驚き、そして複雑な思いを抱えるようになりました。

自分の家族が〝歴史上の人物〟であるということはどういうことか。現代社会においては家名など生活する上で大した助けにはならず、逆に負担に感じることのほうが多いのではないでしょうか。家庭内での序列の厳しさも時代とともに薄れている昨今、テレビなどで親を名前で呼び捨てにする〝友達親子〟を目にしたり、面白半分とはいえ子供が大人に対して乱暴な言葉を使うのを耳にするたび違和感を覚えるものの、それが今の世の中です。

この手記は、祖母・徳川和子の幼少の頃の古い思い出や、今の世に近い晩年の随想が綴られていますが、それぞれの時代に祖母が自分の立場をどう認識していたか、後世に残す

にあたっての細やかな配慮が伺えます。

和子の祖父である会津藩主・松平容保は、戊辰戦争で降伏し謹慎の身となり、生後間もない長男・容大（かたはる）が家督を譲り受けました。その後、会津藩は政府により斗南（現在の青森県）に移されたのですが、明治天皇に許され華族となり、その後、東京小石川区（現在の文京区）第六天町に屋敷を構えました。

容大は明治四十三年（一九一〇）に亡くなりましたが、実子がおりませんでした。日本銀行に預けられていた遺言書に末の弟の保男（もりお）が後継として指名されており、子爵・会津松平家の家督を相続しました。

会津松平家当主となった松平保男には、六人の娘と二人の息子、上から、芳子（よしこ）、徳子（のりこ）、通子（みちこ）、和子（祖母）、順子（よりこ）、敬子（けいこ）、保定（もりさだ）、保興（もりおき）、がいました。加えて、第六天町の屋敷には何人かの使用人が住んでおり、かなりの大所帯のようにも思えますが、当時の華族の生活としてはごく普通だったのではないでしょうか。

幼い頃の思い出話ではありますが、祖母の手記に記された華族の暮らしぶりや出来事は、

その時代の貴重な史料となり得るもので、祖母も「頭の中にしまっておく訳にもいかない」と書き記したように、後世に伝える役目というものを認識していたようです。
祖母はその後、第三代徳川慶喜家当主・徳川慶光に嫁ぎました。徳川慶喜家も会津松平家と同じ小石川区第六天町にあり、よく「同じ町内で結婚した」と話していました。この周辺には華族の屋敷が点在していたようです。
徳川家を将軍とする江戸時代の終焉から現在に至るその移り変わりの時代、明治〜大正〜昭和までの変遷について、私たちは意外に知らないことが多いのではないでしょうか。家族の歴史を紐解きながら、そんな風に感じるようになりました。祖母の残した手記やアルバム、慶喜家に伝わる数々の史料、それらをひとつひとつ確認しながら、自分の記憶と照らし合わせるうちに、ご先祖様が子孫に伝えたかったことは何か、光が差すように少しずつ見えてきました。現代社会は常に歴史の上になりたち、そして私たちが暮らす現代も近い将来歴史として連なっていきます。それを日々の生活で常に意識すること。華族の持っていた使命感には及ばないまでも、現代においても人としての基本であると感じます。

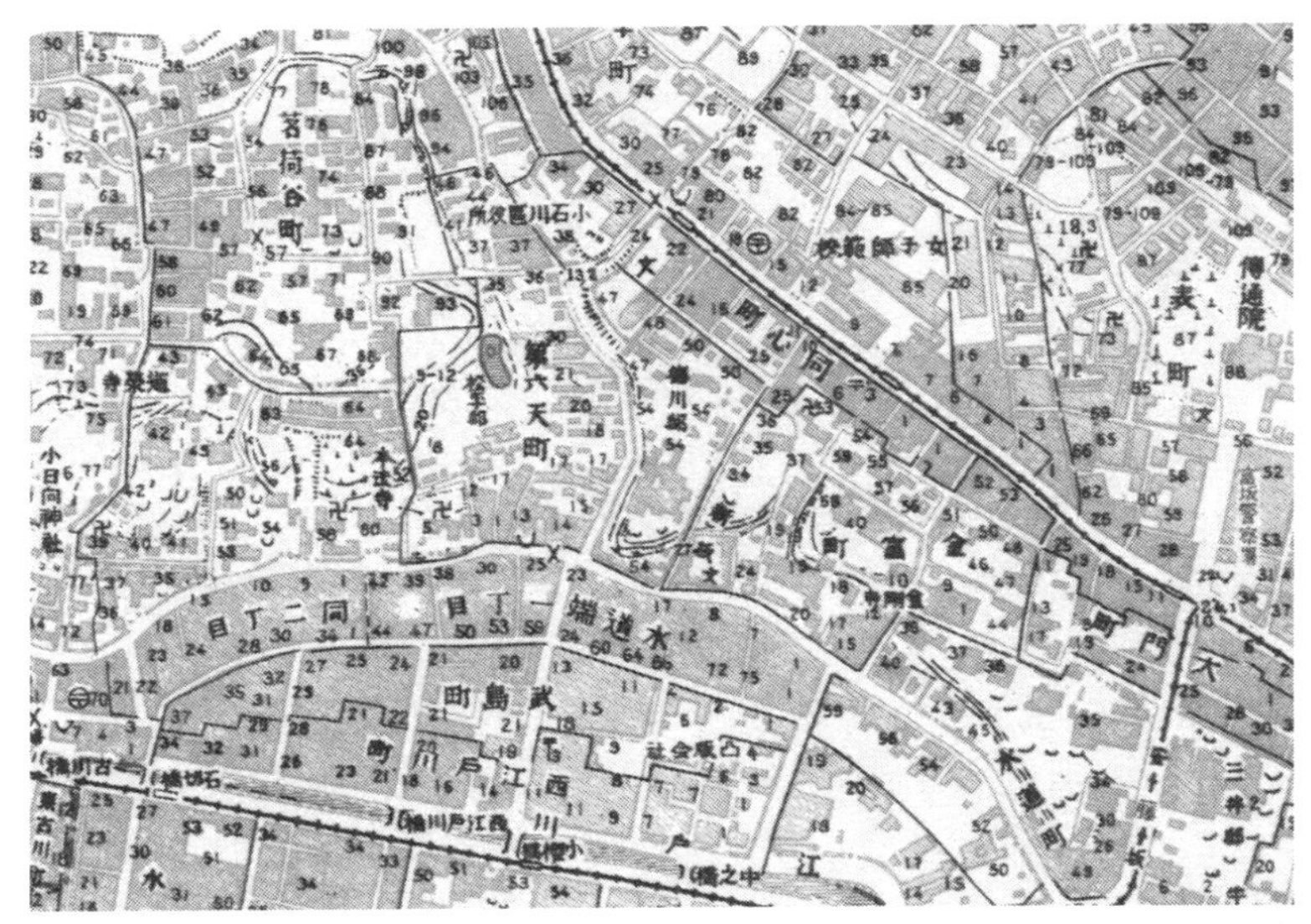

昭和14年（1939）の小石川区小日向第六天町（現在の東京都文京区春日周辺）。徳川慶喜家と会津松平家は谷を挟んだ丘の上にあった。

明治40年（1907）頃に徳川慶喜が自邸より撮影した会津松平家の邸宅。松平容保が亡くなった地であり、和子が生まれた場所。

大正時代初期の徳川慶喜家の玄関（上）と、敷地南側の庭園に面した座敷を写した写真（下)。右より洋間、御客座敷、実枝子の居室。

「小石川松平邸」と題された写真群より（上下）。

大正13年（1924）に撮影された慶喜家の運動会。おそらく職員たちによるパン食い競争の様子。あたたかな関係が伝わってくる。

慶喜邸の庭で。慶光、和子、愛犬のイチコウと。

慶喜邸の庭で。左より義妹・久美子、和子、義妹・喜佐子。

昭和13年（1938）10月7日、会津松平邸。里開の日の集合写真。結婚式の日から３日目や５日目に、夫婦で妻の実家に里帰りをするならわしがあり、「帰る」という言葉を避けて「里開」と呼んだ。

小石川の会津松平邸のテラスにて。徳川慶喜家と会津松平家の兄弟姉妹。

祖父母一家の暮らし

祖父・徳川慶光は大正二年（一九一三）、公爵・徳川慶久と有栖川宮威仁親王の第二王女・実枝子の長男として第六天町の屋敷で生まれました。

松平和子との縁談は、慶光の漢文の恩師であった塩谷温（しおのやおん）博士より徳川家に持ち込まれたと記録されています。帝国大学卒業後の昭和十三年（一九三八）五月、慶光二十五歳、和子二十歳の時、後見人でもあった伯父・池田仲博の家で見合いをし、二人とも異存なしということで、結婚の話が進められました。

徳川慶喜家の家令（最高位の職員）の古沢秀弥が松平家に出向き、縁組を申し入れ、その二日後、松平家の使者が慶喜家に承諾の返事を伝えたとのことです。まるで、皇族のような手順・しきたりが祖父母の結婚でも行われていたことを知りました。

戸定歴史館に通うようになり私がまず驚いたのは、祖父と祖母の結婚式の写真です。葵の御紋の入ったお雛様のような結婚式の写真。「本当に徳川家だったのね」と改めて目を

見張りました。祖父母の結婚式の写真が残っていること、それが歴史館に所蔵されていること、祖父母の結婚自体が日本史の一幕だということに驚きました。アルバムの中には母・安喜子が生まれたばかりの写真もあり、そこで初めて自分の母も徳川家の脈々と続く歴史の中にいるということを理解しました。

結婚式の豪華な写真のほか、新婚旅行は熱海で過ごし、夏には軽井沢の別荘に滞在、戦前の平穏で幸せな日々がアルバムに収められています。

戦中、昭和十七年(一九四二)には、私の母である長女・安喜子が、昭和十九年(一九四四)には次女・真佐子が生まれました。終戦後、静岡県興津の西園寺公望の別邸〈坐漁荘(ざぎょそう)〉にもしばらく住んでいたことがありました。坐漁荘は一時、高松宮家の別邸として使われていました。西園寺家と高松宮家、徳川家とは深い所縁があり、私の代に至るまで、高松宮妃喜久子殿下のお計らいにはどれだけお世話になったことでしょう。

祖父母一家に念願の男子が生まれるのは、戦争が終わってから。家を継ぐのは男子という考えは今現在もまだ残っていますが、祖父母の時代、まして徳川家となれば、おばあちゃ

まの使命は計り知れないものであったことでしょう。
母と叔母が生まれた頃は第二次世界大戦の真っ只中、祖父も徳川慶喜家当主でありながら、二等兵として召集されました。しかし元々身体が弱かった祖父は、入隊後に二度も帰らされてしまい、三度目の正直、昭和十九年（一九四四）に中国に出征します。戦争の間、家に男子がいない、しかも生きて帰れるかどうかわからないという状況は、祖母だけでなく、徳川慶喜家に関わるすべての人が不安に思ったことでしょう。第六天町のお屋敷から出征する祖父の写真が沢山残されていますが、「万歳」と書かれた幟が皮肉のようにも感じられます。
男子のほとんどが戦争に駆り出された当時、どの家でも残された女子は家を守るという使命があったと思いますが、徳川家といえども例外ではありませんでした。慶光が出征する折には大勢の方がお見送りして下さいましたが、それぞれにとても複雑な思いを抱えていただろうと想像されます。日本全国同じような思いをされた方が、沢山いらしたことでしょう。

中国へ出征した祖父ですが、アメーバ赤痢やマラリアにかかってしまい、現地でもほとんど入院していたそうです。ある日、医師から「徳川さんは爵位をお持ちなのですか？」と聞かれた祖父は、「はい、あります」と答えたそうです。「男爵ですか？」「いえ、もうちょっと上です」「子爵ですか？」「いえ、もうちょっと上です」「伯爵ですか？」と埒が明かないので、「ハム公爵の公爵です」と答えたら、それからがもう大変です。さらに高松宮妃喜久子殿下の実弟だということも知られてしまい、陸軍大将がお見舞いに来る事態に。病院中大掃除となってしまったそうで、「大変申し訳ないことをさせてしまった」と後に祖父が話していました。

また、日本中が食べ物に困っている中で、戦地には兵隊さんにと送られてくるお米が充分にあり、食べ物には困らなかったと話してくれたことがありました。「残したら許さんぞ。これは日本国民が自分の分をも送ってくれた大切なお米だ」と上官からの命令があったそうです。これは本当の話なのかどうか、今となってはわかりません。

昭和13年（1938）10月5日、第３代徳川慶喜家当主・徳川慶光（公爵）と結婚。

結婚式の翌日の写真。

昭和14年（1939）川奈ホテルにて。

昭和15年（1940）、
十国峠にて。

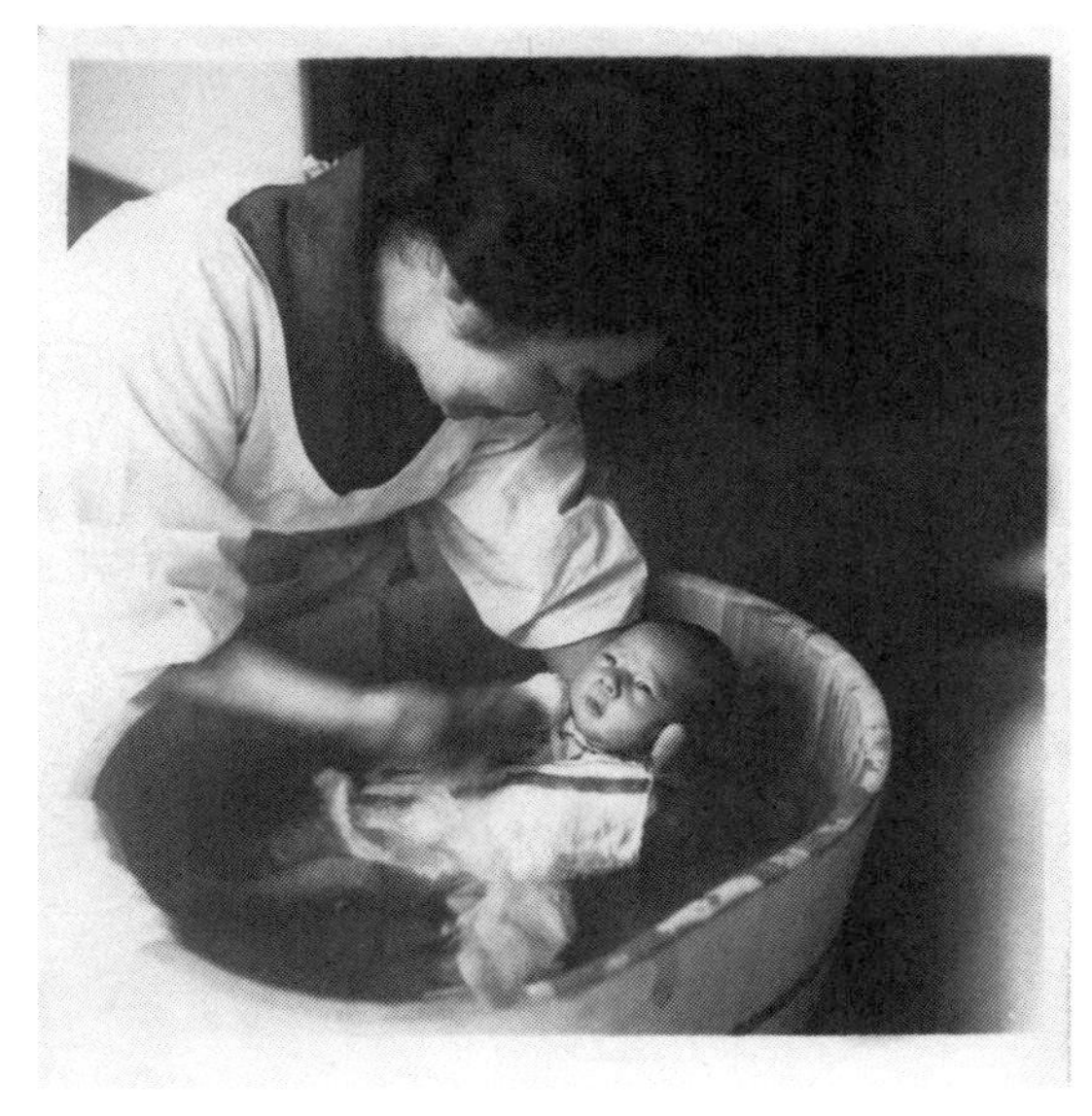

昭和17年（1942）３月
１日、長女・安喜子誕生。

昭和17年（1942）、長女・安喜子出産記念写真。公爵家の長女として、第六天町の屋敷で生まれた。

十五代将軍の令孫

颯爽 一つ星で應召

"大陸"へ張切る慶光公

当時の新聞記事（上）。下段右の写真は、昭和15年（1940）の第一次出征に際して玄関前で挨拶をする徳川慶光。玄関の上には伯母や叔父たちが見守っている。最初の召集では入隊直後に肺炎にかかり除隊、３度目の召集では中国で8000kmを越える転戦と移動を経験した。

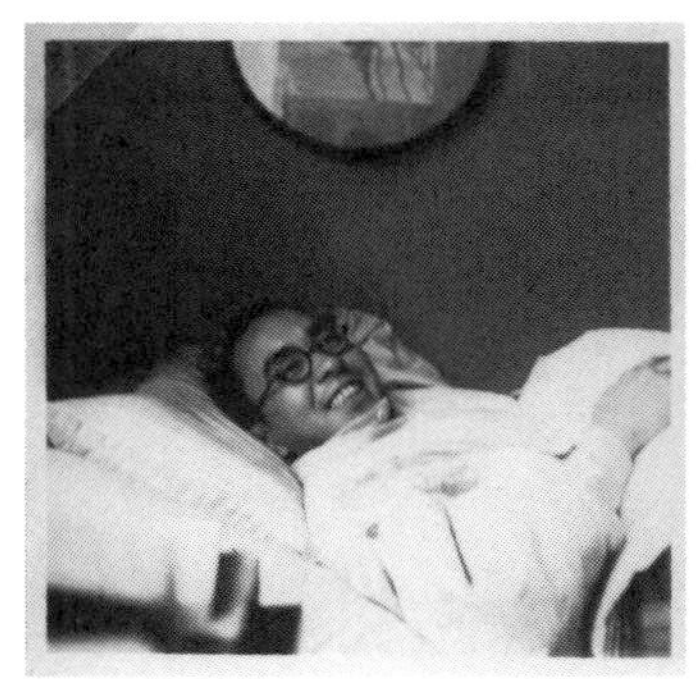

昭和19年（1944）4月の写真。戦争中にもかかわらず、立派なお雛様を飾っていた。

静岡県興津の坐漁荘にて。戦後の混乱の中でも、どことなく優雅に見える家族写真。

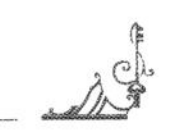

戦後の徳川家

戦争が終わり、静岡から軽井沢へと疎開していた一家は、焼失を免れた第六天町の屋敷に戻ります。中国に出征していた祖父も無事帰って来ることができましたが、華族制度の廃止により課せられた膨大な財産税を納める代わりに、第六天町の屋敷を物納することになりました。住まいを失い、一家は静岡県の西奈村瀬名に移住しました。静岡は、徳川慶喜が三十年に及ぶ引退生活をしていたこともあり所縁が深く、お世話になった方も多いため、祖父母一家もしばらくの間暮らすことができたようです。

昭和二十五年（一九五〇）には叔父・慶朝が誕生。徳川家待望の男子ではありましたが、祖母は戦争を体験したことにより時代の流れを敏感に汲み取っていました。慶朝が「お殿様のようになってはいけない」と考えた祖母は、徳川家当主として教育するよりも、一人でもたくましく生きていけるように育てることにしたのです。慶朝は後に母がボーイスカウトに入れてくれたことをとても感謝していました。とはいえ、当主である祖父・慶光が

戦争から無事に戻り、数年後に慶朝の誕生を迎えることができたのは、徳川慶喜家にとってどれだけ喜ばしいことだったか。奉書に書かれた慶朝の命名書が残されていますが、こうしたしきたりに、徳川家としての誇りや歴史を背負い続ける使命感を垣間見ることができます。

華族にとっての戦後は大変厳しいものだったに違いありませんが、祖母のアルバムには、瀬名ののどかな畑風景の中で微笑む家族の写真が残されています。祖父母も息子の慶朝も大変穏やかな性格で、怒っている姿を見たことがありません。徳川家の遺訓で「怒りは敵とおもへ」というのが脈々と受け継がれてきたのではないかと思うほどです。もちろん人間ですから怒りを感じることもあるはずですが、人にぶつけるということは、ほとんどなかったと思います。

慶朝が誕生してすぐ、一家は高松宮妃喜久子殿下の思し召しにより、高松宮邸があった高輪の一角に住まわせていただくことになりました。隣に慶光の妹・久美子の井手一家も横浜から移り住み、慶朝と歳の近かった従弟たちとよく一緒に遊んでいたようです。

徳川慶朝命名書。慶朝本人による撮影写真。

高松宮妃喜久子殿下とその左はボーイスカウトの制服を着た和子の長男・慶朝。

昭和30年（1955)、義妹の井手家に集まりクリスマスパーティー。

高輪の高松宮邸にあったプールでよく遊ばせていただいた。当時は、プールに水を張るだけでも大変なことだったらしい。

高松宮妃喜久子殿下のこと

平成十六年（二〇〇四）十二月十八日に妃殿下が亡くなった折、喪主を務められた三笠宮家の寛仁親王殿下が、「これで本物の皇族がいなくなってしまったなぁ」とおっしゃったそうです。ご自身も皇族であられる寛仁親王殿下からの、そういったお言葉に、高松宮妃喜久子殿下がいかに皇族の中でも皇族のあるべき姿のお手本となられていたのかを拝察いたします。

様々な史料と向き合うほどに思い知る、高松宮妃喜久子殿下の偉大さには驚くばかりです。妃殿下は、昭和初期に徳川慶喜家より昭和天皇の弟である高松宮宣仁親王殿下にお輿入れをされました。高松宮家は有栖川家の祭祀も相続しており、有栖川宮家と徳川慶喜家は深い所縁があります。徳川慶喜家の長女は高松宮家に嫁ぐことが決まっていましたが、長女の慶子様が夭折、次女の喜久子様が三歳になられた時、有栖川宮威仁親王の遺言により、許嫁として決まったそうです。妃殿下におかれましては徳川慶喜家は実家であるので、

一大事の時には折にふれて手を差し伸べて下さいました。

徳川家では喜久子様は「いずれ雲の上にあがられる方」として、小さい頃から皇族に嫁ぐべく教育がほどこされていました。喜久子様の母・実枝子様は有栖川宮家の最後のお姫様でした。ご自身がお育ちになられた皇族や宮家のしきたりなど充分すぎるほど知っていた実枝子様によって、喜久子様はお生まれになった時から、そうした教育を受けられたのです。それでも、実際はずいぶんと違いもあり苦労されたようです。

喜久子様は本当にお美しいお姫様で、常に人への思いやりにあふれ、三笠宮家の寛仁親王殿下がおっしゃったように本物の〝皇族中の皇族〟であられたと思います。徳川家・有栖川宮家の血をひく、正真正銘の〝お姫様〟です。

お正月やお雛様の会など親族の集まる席で、私も高松宮御殿にお呼ばれされたことがありますが、御殿は〝宮殿〟そのもので、夢のような世界でした。大広間に吊るされているキラキラまぶしいシャンデリアを、ずっと眺めていたものです。

義理の姉妹となられた喜久子妃殿下と和子おばあちゃまは本当に仲が良く、お互いを

「妃殿下」「和様」とお呼びになり、手紙のやり取りもよくされていました。妃殿下は母・実枝子様から教わった「有栖川御流」の美しい文字をお書きになられます。その美しい文字から紡ぎだされた言葉には愛情があふれ、おばあちゃまも妃殿下には最大の敬意を払い、お互いの関係をとても大事にしていました。そんなところも祖母の手記の文中から読み取れます。

私の記憶にある妃殿下はとにかく輝かしいオーラがあり、正に雲の上の人という感じでした。毎年一月三日が高松宮殿下のご誕辰（お誕生）日でもあられることから、お正月とお誕生日のお祝いを親族でお祝いさせていただいておりました。

御殿に車で到着すると、門をくぐり車寄せで下車、表で宮務官の方が出迎えて下さり、お女中さんが上着を預かって下さいます。そして大広間に通されるとまず目に入るのが、大きなテーブルに並べられたお正月のご馳走の品々です。

銀製の急須のようなお銚子に水引きがあしらわれ、その隣には紋の入った少し深めの盃が並び、そのひとつひとつに薄いキジのお肉が入っています。そこにお酒を注ぎ、キジ酒

として振る舞われます。

私は二十歳でイギリスに行ってしまったので、そのキジ酒をいただくことはなかったのですが、大人たちがおいしそうにいただく姿をなんともうらやましく眺めていたことを覚えています。

そして両殿下は、子供たちにもお楽しみがあるようにいつも考えて下さっていました。親族が新年のお祝いに御殿に伺う日は殿下のお誕生日で、毎年、銀の台の上に乗せられた、何段にも重なったイチゴのショートケーキが用意されていました。ホテルオークラから届いたものだと聞きました。あの素晴らしいケーキは一生忘れることはないでしょう。なんと貴重な体験をさせていただけたか、今になって気がつくという、祖母のいう〝大バカもの〟の血は争えないとつくづく思います。

アルバムを見返していると、高松宮妃殿下と祖母・和子は本当に仲が良かったことが伝わってきます。きっと今頃はあちらでいろいろお話しなさっておられることでしょう。

昭和42年（1967）、高松宮殿下第62回御誕辰日。高松宮邸の食堂にて。

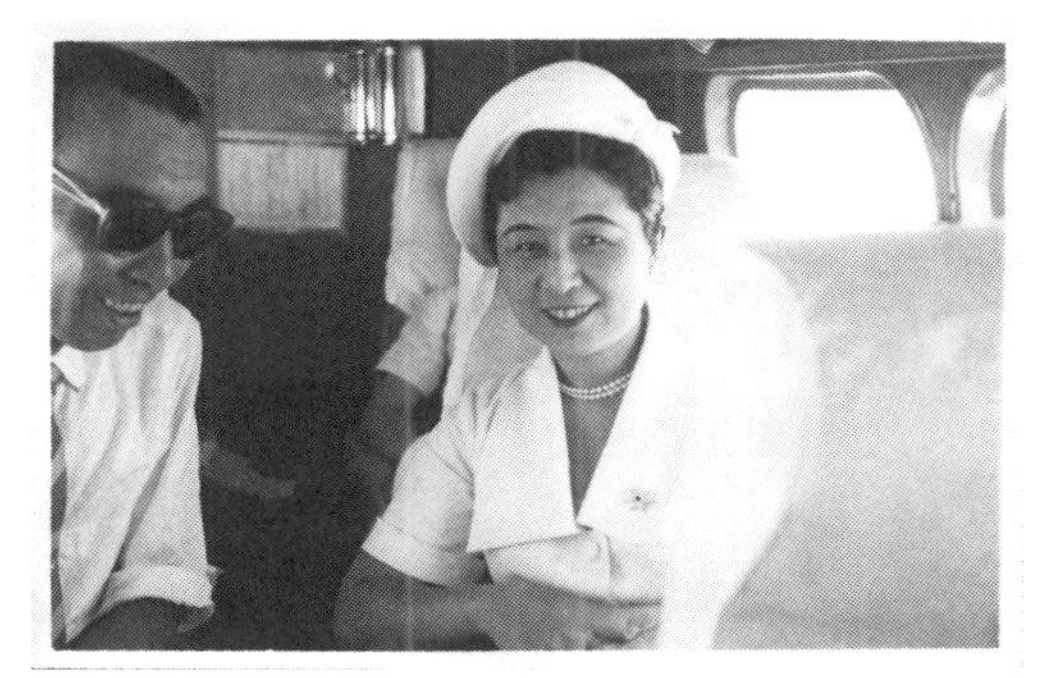

昭和28年（1953）、飛行機で松島へ。義姉・高松宮妃喜久子殿下のご配慮で、数々の旅行に同行させていただいていた。

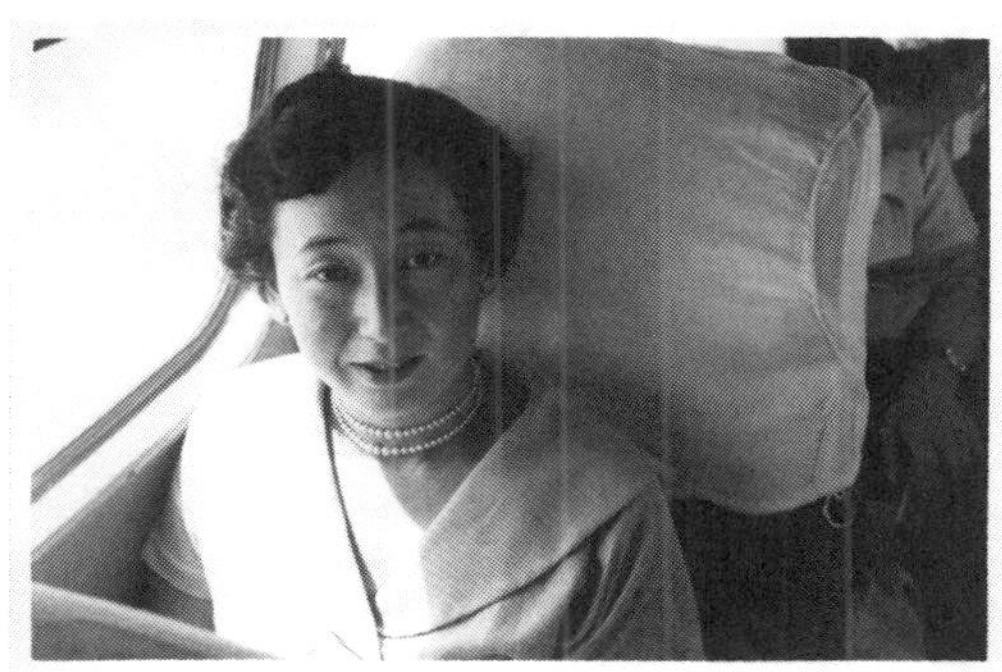

昭和初期。御召列車の中で。

昭和30年（1955）、菊栄親睦会。

昭和35年（1960）、成田山詣。

昭和25年（1950）、高輪にて。慶朝を抱く妃殿下。

表千家家元千宗左御席聞。妃殿下、和子、義妹の喜佐子と久美子。

秩父宮妃勢津子殿下のこと

和子の実家・会津松平家からは、大正天皇の第二皇子・秩父宮殿下に嫁いだ節子様がいらっしゃいます。

節子様は、松平容保の三男で外交官をしていた恒雄の長女です。世界各地で活躍する父のもと、ロンドンでお生まれになった節子様も英語堪能でいらっしゃいました。

当時、皇族に嫁ぐことができるのは華族のみで、松平恒雄様は爵位がなく平民だったため、節子様は家督を継いだ弟の保男（子爵）の籍に一旦入り、会津松平家から皇族に嫁ぎました。

水戸徳川家に生まれた慶喜公も一度、一橋家の養子に入り、それから将軍になっています。水戸家は地方大名、しかも副将軍家であるので、どんなに上の立場になっても水戸家にいる限り、副将軍にしかなれません。なので、御三卿（いわゆる将軍家ヘルプ隊）のひとつである一橋家の養子に出され、将軍の座に就きました。それほど〝身分〟というものに重きをおいていた時代であったということを、こうした事情からも思い知らされます。

こうした訳で、秩父宮勢津子様は和子にとって従妹であり姉妹でもあることになります。また、節子様がお輿入れされる時、名前の〈節子〉は同じ字で大正皇后〈さだこ〉様がいらしたので、〈勢津子〉と改名されました。

義理の姉が高松宮妃喜久子殿下、従姉は秩父宮妃勢津子殿下という、今でいう〝超セレブ〟な世界に身を置いた祖母。残された写真には本当に夢のような世界が広がっています。徳川家と皇族のご縁は深く長く続き、「公武合体」という、はるか昔のことのように思われる歴史用語ですが、祖母の時代まで実際にあったことに驚かされます。日本史を学んでも、こうしたことまではあまり知られていないのではないでしょうか。

ところで写真を見ると勢津子様と和子はよく似ておられ、会津松平家における顔のつくりの顕著な遺伝には驚きます。『みみずのたわごと』でもエピソードが登場しますが、松平家のアルバムをめくると、幼少期の姉妹は確かに区別がつかないほどそっくりです。

松平恒雄（和子の伯父）の妻・信子、長男・一郎、長女・節子（勢津子）。

左より、徳川和子、高松宮妃喜久子殿下（義姉）、秩父宮妃勢津子殿下（従姉妹）、
井手久美子（義妹）。

昭和33年（1958）、会津松平家のいとこ会。清澄庭園にて。

華族の責任

徳川家の史料に関わるようになってから知った言葉のひとつ「ノブレス・オブリージュ」、フランス語から訳すと「高貴であるがゆえの義務」。まだ華族制度が残っていた時代に、〝家〟というものを背負う緊張感が日常のものであったことが伝わる言葉です。

和子の実家・松平家や嫁ぎ先の徳川家などの華族の家に共通する〝しきたり〟の中にも「ノブレス・オブリージュ」の意味するものが含まれていたのではないかと思います。『みみずのたわごと』でも「じっと我慢の子であった」と書かれているように、幼い和子も肌で何かを感じ、自ら〝我慢〟や〝忍耐〟を強いていたのかもしれません。華やかである一方、少女時代の祖母が抱えていた窮屈な思いも伝わってきます。

私が叔父・徳川慶朝の看病をしている間にも、そうした苦労が垣間見られることが多々ありました。もちろん笑い飛ばしながら聞く面白い話もありました。

ある日、叔父が東京のデパートで、一人で昼食をとろうと洋食レストランに出掛けた時

のこと。すでに何人か待っている状態で、「名前を書いてお待ち下さい」と言われた叔父。「本名の『徳川』って書くと周りの人がビックリしちゃうから、『田中』とか『山田』とか違った名前を書くんだけど、いつもなんて書いたか忘れちゃうんだよ。で、呼ばれても気づかないもんだから結局ずっと待たされちゃうんだよね」。

ちょっとした笑い話ではありますが、徳川という苗字はとにかく目立つものです。人に迷惑をかけずに暮らしていく、ということに叔父はことさら神経を使っていたと思います。松平や徳川という名前で得をするとか損をするとかではなく、その姓を名乗っている人にしかわからないことを、叔父はエッセイなどで軽妙に語っていますが、受け止めなければいけない重さはどれほどのものであったか。

松平から徳川となった和子はどのように考えていたのかわかりませんが、家に伝わった品々を大切に後世に残していかねばならない使命をよく理解していたことが、今回の史料整理の中で伝わってきます。戸定歴史館に収められている史料の中には、祖母の字で丁寧に仕分けされている物もあり、それもまた和子の「ノブレス・オブリージュ」ではないか

と思うのです。

華族制度が残っていた時代には、男子は貴族院議員としての役目があり、家令（今でいう執事長）、家扶、女中など、家で働く人々の生活も保障し、教育をするという役目もありました。家がお取りつぶし（絶家）ともなれば、家族だけでなく、彼らも路頭に迷うことになります。そういった責任を常に抱えることも華族の義務でした。

華族という立場であれば、今日食べるものに困るといった状況にはなかったかもしれません。しかし第二次世界大戦というすべてを覆す大きな戦争が起こり、その後、華族制度が廃止されて以降、日々の暮らしに途方に暮れた方もいらしたことでしょう。華族が生活の豊かさとは裏腹に重い責任と義務を負っていた時代があり、そこでしか生まれない文化がありました。それを後世に伝えていく義務は、時勢や立場が変わってもまだ残り続け、それを背負わなくてはならなかったのだと、これまで知る由もなかった祖父母や叔父の苦労を、今になり受け止めています。

徳川和子のその後

私の記憶にある祖母は、とにかく優しい人でした。穏やかで品があり、何事にもゆっくりと優雅に立ち回り、何をしても怒らない、そんな祖母でした。

私が小学生低学年の頃、〝口裂け女〟というのが流行った時のこと。祖母の鏡台から口紅を失敬して口周りに塗りたくって大笑い。そんなことを家でしようものなら、真面目な母からは大目玉をくらうところですが、祖母は笑ってやり過ごしてくれました。安心するとともに、子供心に「おばあちゃまはこんなことしても怒らないのね」と関心しました。

母や叔母、叔父、親戚の子供たちは、祖母のことを〈おたあちゃま〉と呼んでいて、子供の頃は単なる呼び名だと思っていたのですが、最近になって、それが華族の時代の名残であること（母親のことを〈おたたさま〉や〈おたあさま〉と呼んでいた）を知りました。そうした日常のちょっとした事柄に隠れている歴史が、このたびの作業を通じて次々と明らかになっていきます。

私たち兄妹は、祖母のことを〈たかなわおばあちゃま〉と呼んでいました。高輪に住んでいるおばあちゃまの略で、おじいちゃまの姉君様の高松宮妃喜久子殿下の計らいで、高輪の高松宮御殿の一角にある職員用の小さな家に住まわせてもらっていた頃からの呼び方です。その後、東京の町田市に移り住み、晩年、品川区の御殿山の小さなマンションに暮らすようになっても、〈たかなわおばあちゃま〉でした。

祖父母の家

私が遊びに通っていた祖父母の家は、町田市にある一軒家でした。決して大きくはない家でしたが、祖父と長男の慶朝と三人で穏やかに暮らしていました。庭には祖父が好きだった信楽焼の狸が鎮座しており、居間には祖母お気に入りの緑色のソファが置いてありました。リビングルームの片隅には小さなテーブルがあり、裏千家の師範だった祖母はそこに一輪挿しを置き、その上には必ず掛け軸を掛けていました。祖父母や叔父のことが大好き

町田市の徳川邸にて。左の写真は筆者の父方の祖母、筆者、慶光、慶朝。慶光は家庭菜園と盆栽を趣味にしていた。

福島県耶麻郡猪苗代町。松平保男の書による野口英世生誕地の碑の前で。筆者と兄二人、母、祖父母と。

だった私にとって年に数回、家を訪ねることが何よりも楽しみでした。玄関に緑のスリッパを並べて私たちの到着を待ち、いつも笑顔で出迎えてくれました。でも笑顔のその瞳の奥にこれまでどれだけの苦労があったのか。小さかった私は何も知らずただ楽しいばかりでした。祖父と祖母と叔父は、その家でとても幸せそうに暮らしていました。夜、祖父がアジの開きをつつきながらちびちびお酒をたしなむ姿、朝は漆塗りのお盆に並べられた白いご飯とお味噌汁と生卵、町田の家の情景とともに懐かしく思い出されます。

その後、祖父が亡くなり、祖母と叔父は都内の小さなマンションに引っ越しました。

それからの祖母と叔父の二人暮らしも平穏そのもの。決して裕福な暮らしではありませんでしたが、仲良くつつましく、そんなところに幸せがあったと思います。叔父の著書の中でも「同居している美人女性（多少歳をとっていますが）」と仲良く暮らしていた模様が書かれています。

徳川家というと、どんな豪邸に住んでいるのかと思われるようですが、贅沢な暮らしをしていた訳ではまったくなく、本当につつましい生活で、苦難、苦労を重ねてきた祖母に

とって、何より屋根があるところで寝られ、今日食べるご飯があることだけで、ありがたいと思っていたに違いありません。

祖母の友人

『みみずのたわごと』に書かれているように、和子には沢山の友人がいるのですが、一九九九年頃にお一人だけお会いする機会がありました。当時私は家を新築中で、ステンドグラスがあったらいいなと思い、祖母にその話をしたところ、「友人で沢山のステンドグラスを持っている人がいるから」と紹介されたのが、朝吹登水子さんです。麻布か白金か、夫とともにご自宅までお邪魔させていただくことになりました。

お宅に伺うと、なんとも上品なご婦人とフランス人のご主人が出迎えて下さり、家にあるステンドグラスを見せていただいたのですが、そのコレクションの数と素晴らしさは、しばらく言葉を失うほどでした。一軒家の一角にちょっとしたステンドグラスがあったら

いいな――という程度に考えていた私たちは、もう恐縮しきり。きっとたいそう貴重で高価なものだろうとしり込みしてしまいました。ご主人と白ワインをいただきながら少しだけお話しさせていただいたのですが、フランス語の世界では、執筆、翻訳などを務められた大変著名な方だったと後に伺い、大変失礼なことをしてしまったのではないかと反省しています。「あまりに立派すぎて私の家になんかもったいない」と祖母からの紹介を遠慮してしまったのですが、今思えば、無理をしてでも何かひとつ分けていただけばよかったと思っています。私にとってはおばあちゃまのお友達という感覚しかなく、祖母の交友関係にも歴史的な背景と文化があったこと、それを当時はあまり理解できていませんでした。祖母にも申し訳なかったという気持ちが今も残ります。

祖母から古い写真などいろいろ見せてもらう時も、「ふーん……昔はすごかったのねぇ」と思うだけで、様々な時代を乗り越えてきた祖母の気持ちを慮(おもんぱか)ることができなかった自分を今になって恥じています。朝吹さんもご主人ももう亡くなられてしまいましたが、向こうの世界で祖母と笑い合っていることでしょう。

祖父母との別れ

平成五年（一九九三）二月六日、祖父・徳川慶光が八十歳で亡くなりました。パーキンソン病を患った祖父を長い間看病していた祖母から、ある朝「息をしてないみたいなの」と連絡があり、それからが大ごとでした。祖父の葬儀はそれはもう大きな規模で、祭壇には天皇皇后両陛下をはじめ皇族の方々からもお花やお供えをいただき、二千人もの方に弔問していただいた記憶があります。

長年連れ添った祖父母ですが、祖父が戦争や海外に滞在していてともに暮らせなかった時期も長く、祖母は子育てをしながら家をずっと守っていました。晩年、ようやく家族そろって仲良く暮らしていましたが、ついに別れの時がきてしまいました。

二人暮らしとなった祖母と叔父は、高松宮妃喜久子殿下から、「近くにいらっしゃい」とお声をかけていただき、町田市の家を引き払って、品川と大崎の中間ほどにある御殿山の小さなマンションで暮らしていました。町田の家の物置に保管されていた徳川慶喜の時

代からの品々は、松戸の戸定歴史館の収蔵庫で預かっていただくことになり、ほんの少しの思い出の品だけを手元に置いていました。二人の普段の暮らしは、年老いた祖母の愉しみとして、たまにタクシーで日本橋三越に出掛けたり、私が家に遊びに行くと、料理上手な叔父が何かしらつくってくれたり、また私が食材を買ってきて料理し、一緒にご飯を食べたり……。親族が集まるともうぎゅうぎゅう詰めの小さなマンション暮らしでしたが、なんだか嬉しそうにしていました。

祖母とのお喋りは楽しいものばかりでした。「この間ね、三越に行ったら、たまたま何かのパレードがあって、人込みでごった返してて、若いお兄さんに『おばあちゃん、あぶないからこっちにいなよ』と優しくしてもらったのよ」とか、松坂屋の裏にある鰻屋さんが好きで食べに出掛けた話などが思い出されます。また、入れ歯をつくったら五十万円もして、「こんなにお金をかけるなら入れ歯じゃなくて着物を買えば、あなたたちにも残してあげられるのに。入れ歯なんてもったいない」などとボヤいたこともありました。「そうね、入れ歯は残されても困るかな」と私たちは大笑い。

３ＤＫの古いマンションでしたが、トイレには芳香剤の代わりにＪＯＹの香水が蓋をあけたまま置いてあり、ふとしたところに昔の暮らしの名残も見られました。

平成十五年（二〇〇三）の春、祖母の入院の知らせを受け、病院に駆けつけました。意識もありのんびりと横たわる祖母の姿を見て、安心した私は名古屋の自宅に帰りました。祖母はその四日後に亡くなりました。八十五歳でした。

松平容保の孫娘として生まれ、徳川慶喜家に嫁ぎ、戦争を経て、大正、昭和、平成の時代を生き抜いた祖母の人生は、私には想像できないほどの苦労や苦難があったはずです。でも私の知る祖母の暮らしは本当に穏やかで、大切な家族とともに育んだ優しさにあふれ、ともに過ごした時間は私にとってもかけがえのないものでした。

祖母が亡くなったのは、奇しくも、私の十年目の結婚記念日。「忘れなくていいでしょ？」というおばあちゃまの策略でしょうか。

叔父の晩年

残された長男、第四代徳川慶喜家当主・徳川慶朝は、御殿山のマンションを引き払い、茨城県に家を構えのんびりと一人暮らしをしていました。仲間たちとコーヒーを焙煎したり、米をつくったり。その暮らしぶりは叔父の著書にも記されています。日々の生活を大事に楽しく生きることを、祖父母から、そして小さい時から大の仲良しだったアンクル（叔父の呼び名）から、私は自然と学んだように思います。

「美喜ちゃん、なんかさー俺もヤキが回っちゃったみたいでさ。ガンの疑いがあるって。今度また検査するんだけどね」

ある日、叔父からそんな電話がありました。一瞬、返す言葉が出てこず「わかった」とだけ答えました。その後の検査で、食道がんと咽頭がんという原発性の二つのガンを抱えていることが判明しました。一人でガンと向き合うことになった叔父を放ってはおけません。そこから毎週、自宅の名古屋から茨城まで往復する日々が始まりました。

ひたちなか総合病院から筑波大学病院へ転院し、抗がん剤と放射線の治療が始まりました。だんだんと痩せていく叔父の姿を見るのはとてもつらいものでしたが、不安と闘っている叔父の前で悲しい顔は見せられません。精いっぱいの笑顔をつくり病室に通いました。十三時間に及ぶ大きな手術も乗り越え、必死で治療に向き合い続けた叔父。その姿は今も目に焼き付いています。これ以上何を頑張れというのか……、励ます言葉も見つからない日々が続きました。やがて努力の甲斐あり、ガンは叔父の身体から消えてなくなりました。退院後も名古屋から叔父のもとに通い続け、楽しく過ごせる一日一日を宝物のように、二人三脚で歩みました。

しかし四年後、病院へ向かう玄関で倒れ、その翌日の平成二十九年（二〇一七）九月二十五日、五時五十二分、合併症の虚血性心筋梗塞で叔父は亡くなりました。享年六十八歳、波乱に満ちた人生でした。五時十二分と記録されている資料もありますが、当初一部の報道で間違いがあり、それが残っているようです。一度記録されたものは、間違いや誤解でも残り続けてしまうのも、こうした家に生まれた苦労のひとつかもしれません。

叔父・慶朝の茨城での暮らし。
珈琲の焙煎(右)と稲刈り(下)。

さいごに

叔父が遺した遺言書は、「あとは美喜ちゃんよろしくね」という内容のものでした。後々、自分が大変なものを背負ってしまったことに気づいていくことになりますが、しばらくの間は、大好きだったアンクルがこの世にいなくなってしまったことの悲しみで、ただ涙を流す日々でした。

ガンを克服し退院した叔父ですが、体は思うようになりませんでした。通院日に合わせ名古屋から通う私をいつも出迎え、前の日から仕込んだ料理でもてなしてくれた叔父の思いやりの深さを思うたび、胸がしめつけられるようでした。

叔父を看取り、葬儀を出し、上野の寛永寺の中にある徳川慶喜家の墓地に埋葬すべく段取りをしました。それから、叔父が戸定歴史館に預けていた徳川慶喜家所有の数千点に及ぶ史料を見せていただきました。まだ公開されたことのない史料も多く、これらをどのように役立てるべきか、今後、松戸市と相談しながら進めなければなりません。こうした品々

が現存していることを親族は誰も知らなかったと思います。

徳川慶喜の書、手紙、皇族との関わりなどを示す数千点の史料。この原稿を書いている時点ではまだその三分の一程度しか確認ができていません。〝家の歴史〟に圧倒されながら、史料のひとつとして改めて祖母の手記を読むことで初めて、祖母もその歴史の中に生きていたのだということが伝わってきたのです。この手記は何か形にして残さなければと思っていたところ、書籍として出版していただけることになりました。

この本の出版に際し、出版の許可を下さった真佐子叔母様、話をつなげて下さった母方の従弟・井手純叔父様、会津松平家の家紋使用をご快諾下さった松平保久様、資料を提供して下さった戸定歴史館の方々、とりわけ研究員の小寺瑛広様、そして東京キララ社の方々には心より御礼申し上げます。

一九九三年に祖父・徳川慶光、二〇〇三年に祖母・和子、そして二〇一七年に叔父・徳川慶朝が亡くなり、徳川慶喜家は絶家となりました。夫とともに名古屋で暮らしていた私は、母の実家である徳川家とは一旦は縁遠くなっていたものの、叔父の遺言により引き戻

されたという気がしております。徳川の姓でもなく、しかも嫁に行った私がどのように立ち回り、どのような役割を果たすべきか、思い悩みながら、叔父・慶朝の遺志を継ぎ、家族の歴史を日本の歴史へとひとつひとつ更新していく作業を進めています。

戸定歴史館にお渡しする徳川慶喜家の史料が、今後、歴史を後世に伝えていく一端を担えるようにと心より祈念しております。

山岸美喜

令和二年九月

1996年頃。祖母・和子と筆者。

第三章　徳川慶喜家写真帖

徳川慶喜撮影。徳川慶喜邸を南側の庭園から望む。明治39～41年（1906～1908）頃。

徳川慶喜撮影。徳川慶喜邸内の北東方面にあった職員が住む長屋。明治39～41年（1906～1908）頃。

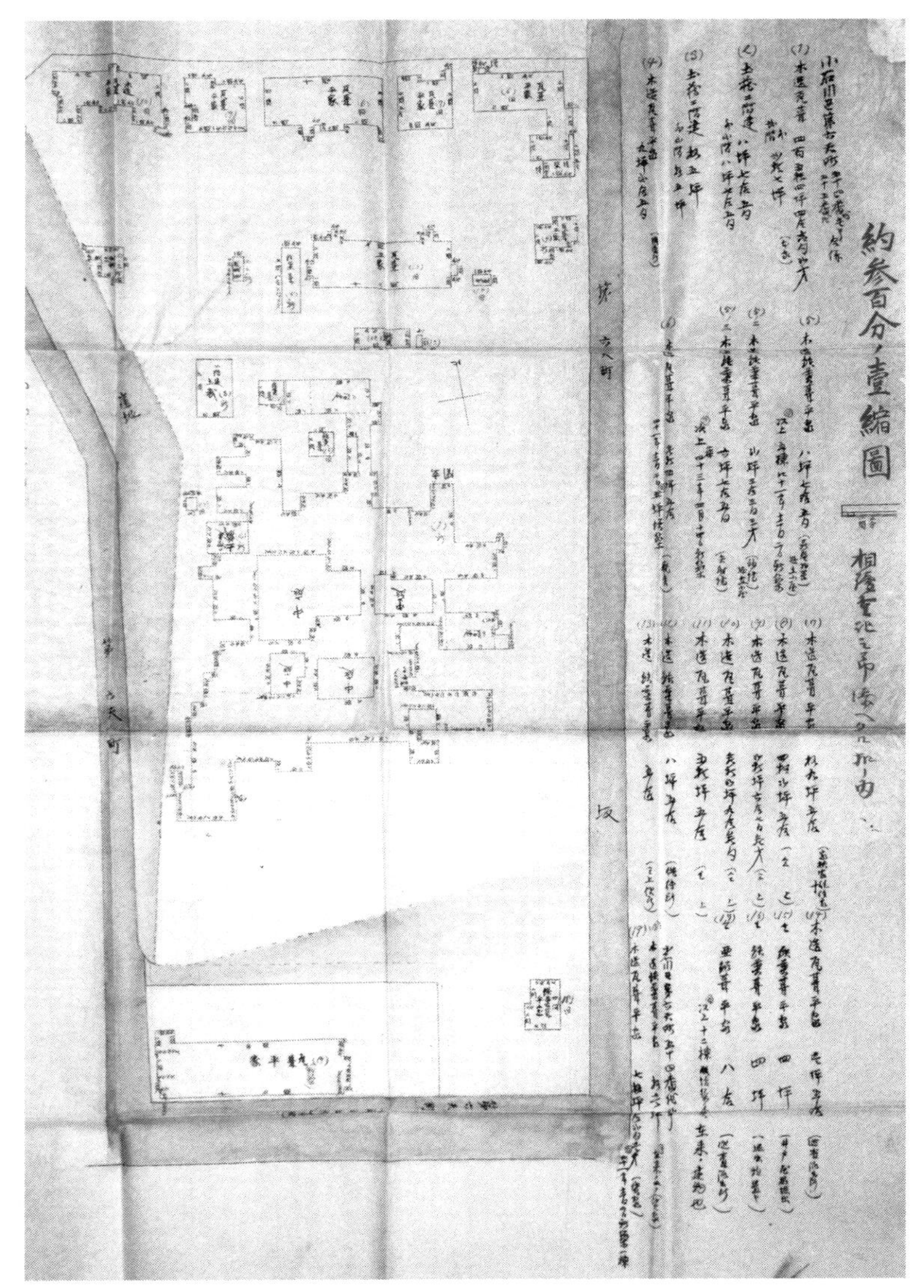

小日向邸図面。明治44年（1911）８月に慶喜から慶久への家督相続時に、登記変更をした時の図面。主屋の総面積は約454坪ほどあった。

「松戸庭園ニ於テ毬遊之図」。明治31年（1898）５月８日、徳川慶喜撮影。松戸戸定邸の庭園で遊ぶ７男・慶久、９男・誠、10男・勝精（くわし）、圀順（くにゆき、水戸徳川家13代当主）、武定（昭武２男）。この日は慶喜が明治天皇と謁見したことを祝い、徳川家一族が弟・昭武（水戸徳川家11代当主）の屋敷戸定邸に集った。

小日向邸庭で投網の稽古。明治40年（1907）頃、徳川慶喜撮影。投網を投げているのは、慶喜10男の勝精。

明治40年（1907）頃、徳川慶喜撮影。左から、徳川里子、英子、國子。里子は慶喜４男・徳川厚の妻（松平春嶽７女）。英子は慶喜11女で、後に徳川圀順（水戸徳川家13代当主）に嫁いだ。國子は慶喜８女で、大河内輝耕（高崎藩大河内家12代当主）夫人。

明治45年（1912）11月、徳川慶喜撮影。徳川慶喜家の愛車「デイムラー」。

「東京博覧会第一会場」。明治40年（1907）徳川慶喜撮影。上野・不忍池畔で開催された、東京勧業博覧会の会場を写した1枚。慶喜は博覧会会場正門に掲げられた額の文字を揮毫している。

「九段坂上ヨリ坂下ヲ望ム」。徳川慶喜撮影。写真左側が靖國神社。遠方にニコライ堂も見える。

「穏田池田別邸」。徳川慶喜撮影。現在の原宿・東郷神社近辺は、慶喜５男・池田仲博侯爵の別邸があった。この写真が撮られた約30年後、慶喜の孫・慶光は将来の妻となる和子と見合いをする。

「巣鴨邸内」。明治30～34年（1897～1901）頃、徳川慶喜撮影。慶喜が30年に及ぶ静岡生活を終え、東京で暮らした最初の邸宅。庭では鶴が飼われていた。

明治39年（1906）５月12日、徳川厚（慶喜４男）撮影。前列左より家達（徳川宗家16代）、慶喜、昭武（慶喜弟、水戸家11代）、厚（慶喜４男）。後列左より慶久、精（慶喜10男、勝海舟養子）、圀順（水戸家13代、慶喜娘婿）、武定（昭武２男）、誠（慶喜９男）。

軽井沢別邸での慶久、慶光、実枝子、喜久子。

徳川慶久が父・慶喜へ宛てた便り。絵は慶久が描いたもの。右の写真は絵筆をとる慶久。水彩画やスケッチ、油彩画も残している。

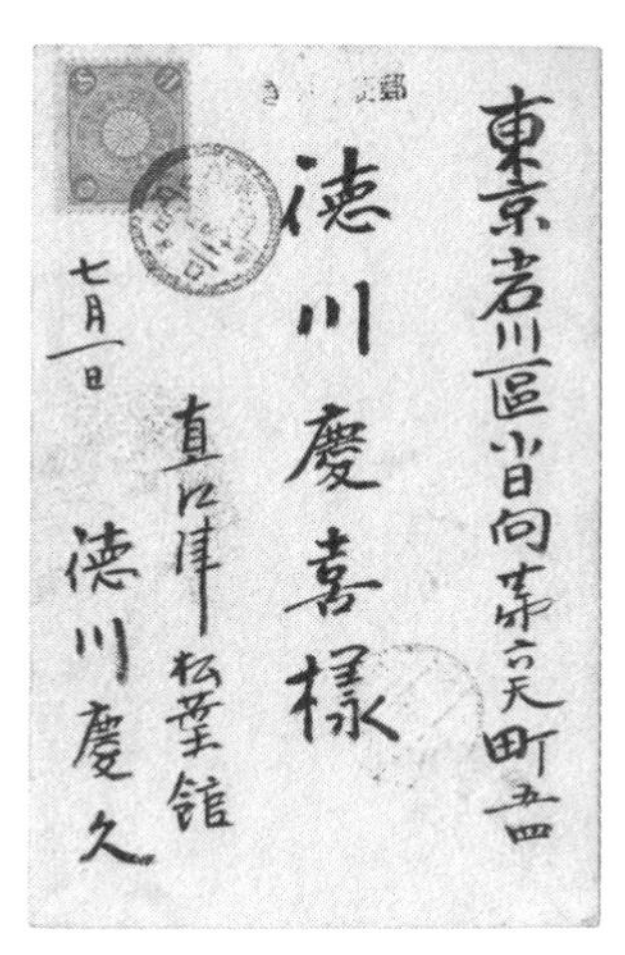

大正５年（1916）撮影。裏面に「長野県軽井沢御別邸建築中之状態」と記されている。現在も軽井沢に残る旧徳川慶久別邸の建設中の写真。

大正９年（1920）撮影。実枝子の文字で「大正九年軽井沢ニテ」と記されている。軽井沢別邸ベランダでの２女・喜久子と長男・慶光。実枝子が作ったミニアルバムの1枚で、撮影も慶久か実枝子とみられる。

大正９年（1920）撮影。徳川慶喜家の庭園での慶光。実枝子が作ったミニアルバムの1枚。

「謹奉賀新年」「桜印様御方へ御披露」と記されている。桜印様とは実枝子のことで、写真でひれ伏している有栖川宮家の職員たちから実枝子へ贈られた、ユーモアあふれる年賀写真。

老女・一色寿賀。大正11年（1922）撮影。実枝子の文字で「大正十一年庭園ニテ」と記されている。寿賀は慶喜、慶久、慶光の３代に仕えた老女。

坪井写真館撮影。「大政奉還図」を描いた日本画家邨田丹陵邸にて。徳川実枝子、喜佐子、久美子ほか。

同じく邨田丹陵邸で芋堀りを楽しむ慶光、喜佐子、久美子。

昭和４年（1929）12月1日、翌年の高松宮殿下との婚儀を前に、飛鳥山の渋沢栄一邸に招かれた徳川実枝子、喜久子、慶光、喜佐子、久美子。前列両端が渋沢栄一夫妻。

喜久子妃お別れ会記念写真。昭和４年（1929）12月26日撮影。翌年高松宮宣仁親王に嫁ぐ喜久子妃の誕生祝いとお別れ会を兼ねた集い。最前列に、久美子、喜久子、慶光、実枝子、喜佐子が座る。２列目・３列目には、当時の徳川慶喜家職員一同が並んでいる。

昭和13年（1938）11月。
大宮御所参内。

昭和16年（1941）5月、軽井沢の別荘にて。左から和子、慶光、高松宮妃喜久子殿下、久美子。

昭和16年（1941）頃の撮影。前列左より、高松宮宣仁親王、喜久子妃、松平康昌侯爵（福井松平家当主、久美子舅）。後列左より、松平康愛（康昌長男、久美子夫）、和子、久美子、綾子（康昌夫人、久美子姑）、慶光。

昭和35年（1960）９月。前列左より、徳川和子、井手慎、喜久子妃、高松宮宣仁親王。後列左より、井手久美子、井手純、榊原政春、徳川安喜子、榊原喜佐子、榊原光子。

高輪にて。徳川慶朝と和子。幼稚園入園の日。

昭和35年（1960）1月、光輪閣にて。小日向会で妃殿下に拝謁。小日向会は徳川慶喜邸に勤めていた職員たちの交流会。

昭和35年（1960）頃、4月6日。谷中徳川慶喜家墓所にて。新潟県の高田から訪れた元職員の大塚つる、徳川和子と慶朝、井手久美子と慎。

小日向会。井手家と榊原家と徳川慶喜家の元職員たち（アルバム記載のメモから、上段写真：遠藤一喜、徳川慶朝、井手慎、平石忠男、富永庄二、井手久美子、堀六郎、鶴島馨、榊原政春、井手次郎／下段写真：大和田秋、遠藤静、榊原喜佐子、片岡住江、古沢綾子、徳川和子、小林なお、吉田やす、宇井ちえ、とめ）。

昭和43年（1968）11月22日撮影。明治100年を記念し、高松宮妃殿下の尽力によって徳川慶喜家墓所の整備を祝い集まった徳川慶喜家一族。

徳川慶久50年祭。水交社にて。
徳川慶喜家一族と元職員たち。

徳川慶朝と山岸美喜。平成12年（2000）頃。博物館明治村に移築された坐漁荘にて。

「徳川慶喜の孫、95歳で作家デビュー」と話題になり、その2週間後に天寿を全うされた「おてんば姫」。

発売日にyahoo! トップニュースになり、賞賛の嵐、そして「ドラマ化・映画化」を望むコメントが殺到!!

少女時代の夢のような華族の生活から一変、
結婚と戦争、夫との死別、再婚……。
高松宮同妃両殿下はじめ皇族との交流、終戦後の奮闘。
波乱に満ちた人生を軽やかに駆け抜ける「おてんば姫」の自叙伝!!

著者：【井手久美子】 大正11年（1922）東京小石川区第六天町の徳川慶喜家に四女として生まれる。父は徳川慶久、母は有栖川宮家から嫁いだ實枝子。姉は高松宮喜久子妃殿下、榊原喜佐子、兄は徳川慶光。松平康昌の長男・康愛と結婚後死別、井手次郎と再婚。大政奉還150年の節目を機に自叙伝の刊行を決意、本書が自身初であり最後となった著作である。

東京キララ社の本

弊社公式WEBサイト及び全国の書店でお買い求めいただけます。

ホタテのお父さん

著者：安岡力斗

長男誕生をきっかけに、芸能界一の暴れん坊から優しいパパへと変身した安岡力也。離婚～クレーマークレーマー生活～ギランバレー症候群～親子間での肝臓移植。息子・力斗が語る、愛と涙で綴る究極の親子秘話。

芸能 / ノンフィクション

定価：本体 1,600 円（税別）　四六 / 上製 / 224 頁　ISBN 978-4-903883-06-9

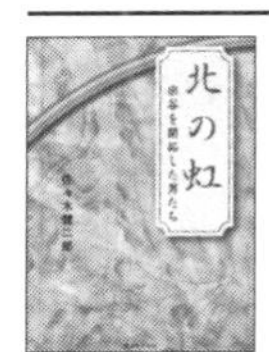

北の虹 宗谷を開拓した男たち

著者：佐々木健二郎

万延元年、幕府の命により南部藩からノシャップに派遣された三人の男たち。アイヌの暮らす最果ての地に移住したこの男達を中心に、稚内は開拓されていく。親子三代に渡る開拓の苦労、人間ドラマを描く歴史小説。

小　説

定価：本体 2,000 円（税別）　四六判 / 上製 / 383 頁　ISBN 978-4-903883-15-1

原子力戦争の犬たち 福島第一原発戦記

著者：釣崎清隆

世界中の無法地帯、紛争地域を渡り歩いてきた死体写真家・釣崎清隆が自らの目で見た原子力戦争最前線。ゴールドラッシュならぬ放射能ラッシュに涌く福島に、一攫千金を夢見て群がる男達の群像劇。

ノンフィクション

定価：本体 1,600 円（税別）　四六判 / 並製 / 200 頁　ISBN 978-4-903883-23-6

BATTLESHIP ISLAND 軍艦島

著者：マツモト ケイイチロウ

その特異な外観と歴史で、国内外の多くの人を魅了する、軍艦島の魅力を詰め込んだ一冊。軍艦島をこよなく愛する著者が、その圧倒的な美を最大限に引き出し、観るものを別次元へと引き込む至極の写真集。

写真集

定価：本体 1,800 円（税別）　A5 判 / 並製 / 128 頁　ISBN 978-4-903883-12-0

昭和に生まれた侠の懺悔

著者：KEI

人は誰だっていつだって自分の人生をやり直せる。
YouTube で話題沸騰！アメリカの極悪刑務所を生き抜いた日本人チカーノ KEI による、人生哲学「書」。直筆「書」複製ポスターを封入。

アウトロー

定価：本体 2,000 円（税別）　A5 判 / 上製 / 160 頁　ISBN 978-4-903883-52-6

改訂版 ブルーノートの真実

著者：小川隆夫

「ブルーノート・レーベル」創始者アルフレッド・ライオン。生涯をジャズに懸けた彼の人生から紐解く壮大なストーリー。2004 年発行の名著が「ブルーノート創立 80 周年」を記念し改訂版として登場。

音　楽

定価：本体 2,500 円（税別）　A5 判 / 並製 / 400 頁　ISBN978-4-903883-46-5

築地魚河岸ブルース

著者：沼田学

築地の魅力は人にあり！　市場の写真集なのに魚が一匹も映っていない？主役は働く人々。ターレーを乗り回すイカした佇まいと、人生が刻み込まれたいい顔満載のポートレート集。特装版（A4 判 / 上製 /3,900 円）もあり。

写真集

定価：本体 2,000 円（税別）　A5 判 / 並製 /144 頁　ISBN978-4-903883-26-7

徳川和子
大正６年（1917）７月31日～平成15年（2003）5月29日。徳川慶喜家３代当主・慶光夫人。父は子爵・松平保男（会津松平家12代当主、松平容保の５男）。

山岸美喜
昭和43年（1968）東京都生まれ。祖父は徳川慶喜の孫・徳川慶光。クラシックコンサートの企画事業を手がけるほか、「徳川将軍珈琲」宣伝大使も務める。

書　名：みみずのたわごと
徳川慶喜家に嫁いだ松平容保の孫の半生

発行日：2020年11月30日 第1版第1刷発行

著　者：徳川和子　山岸美喜　

発行者：中村保夫
発　行：東京キララ社
〒101-0051 東京都千代田区神田神保町2-7 芳賀書店ビル５階
電　話：03-3233-2228
MAIL：info@tokyokirara.com

デザイン：奈良有望
編集・DTP：中村保夫・沼田夕妃・梅田嘉博・加藤有花

協力・写真提供：松戸市戸定歴史館

印刷・製本：中央精版印刷株式会社

ISBN　978-4-903883-53-3　C0023
2020 printed in japan